n der Reihe „The Tribe“ sind bisher erschienen:
and 1: Schöne neue Welt
and 2: Zwischen Hoffen und Bangen
and 3: Das Zeitalter der Auserwählten
and 4: Der Weg in die Freiheit
and 5: Die Ankunft der Technos
and 6: Verloren im Paradies

THE TRIBE™

Verloren im Paradies

Linda Jensen

Band 6

Dino

Die Deutsche Bibliothek – CIP-Einheitsaufnahme

Ein Titeldatensatz für diese Publikation ist bei der
Deutschen Bibliothek erhältlich.
The Tribe, Bd. 6

*Dieses Buch wurde auf chlorfreiem,
umweltfreundlich hergestelltem Papier gedruckt.*

Nach einer Idee von Raymond Thompson,
Executive Producer.

Redaktion: Axel Nowak
Redaktionelle Mitarbeit: Silke Schlegel
Lektorat: Ray Bookmiller
Umschlaggestaltung: TAB Werbung, Stuttgart
Satz: Greiner & Reichel, Köln
Druck: GGP Media, Pößneck
ISBN: 3-89748-729-2

Panini Verlags GmbH im Internet: www.panini-dino.de
Bücher – Magazine – Comics

Die Hochzeitsglocken läuten!

Ram ist überglücklich, denn Ebony hat seinen Heiratsantrag doch noch angenommen. Er weiß, die Nachricht von der bevorstehenden Eheschließung zwischen Ebony und ihm wird in der Stadt für Aufsehen sorgen, denn Ebony genießt nicht gerade den besten Ruf. Viele der Städter werden ihr unterstellen, sie habe der Heirat lediglich zugestimmt, um weiterhin an der Macht teilzuhaben – besonders jetzt, wo Salene die Anführerin der Städter ist. Und bei den Mall Rats kann sich Ebony unter diesen Umständen natürlich nicht mehr blicken lassen. Ram ist stolz darauf, dass Ebony ihm zuliebe alles hinter sich lässt.

Aber auch in Rams eigenem engen Umfeld wird es mindestens drei entsetzte Gesichter geben. Er bestellt seine beiden Ehefrauen Java und Siva sowie Jay, seinen Sicherheitschef, zu sich.

Als sie alle in Rams Büro versammelt sind, grinst er ihnen höhnisch ins Gesicht. „Hallo meine Lieben. Es ist mir eine Freude, euch hier begrüßen zu dürfen. Ich habe euch nämlich aus einem ganz besonderen Anlass zu mir gerufen." Ram macht eine kunstvolle Pause und reibt sich die Hände. Die Spannung im Raum ist greifbar. „Ihr drei seit die Ersten, die es wissen sollen."

Verwundert runzelt Java die Stirn. „Wir *drei*?"

Ram grinst amüsiert. „Nun, Ebony weiß es schon."

Java wirft ihrer Schwester einen vernichtenden Blick zu. Ebony hat es schon immer verstanden, sich bei einem Mann einzuschmeicheln. Jetzt steht sie neben Ram und hat ihre Hand auf die Lehne seines Rollstuhls gelegt.

Auch Jay blickt fragend zwischen Ram und Ebony hin und her. Als Ebony seinem Blick ausweicht, ist er tief beunruhigt. Sie beide haben doch sonst keine Geheimnisse voreinander, schließlich sind sie ein Liebespaar. Jay kann sich Ebonys merkwürdiges Verhalten nicht erklären.

Ram lässt sich jedes Wort genüsslich auf der Zunge zergehen. Diesen Triumph will er voll auskosten. „Ebony hat zugestimmt mich zu heiraten. Sie wird meine dritte Ehefrau."

Siva stößt einen kurzen, aber entsetzten Schrei aus und schlägt die Hände vor den Mund. Java hingegen wirkt völlig versteinert. Auch Jay entgleisen die Gesichtszüge. Sein Mund klappt auf, doch er bringt keinen einzigen Laut hervor. Jay starrt Ebony entgeistert an und wartet sehnsüchtig auf ein Zeichen, dass dies alles nur ein böser Scherz ist.

Doch Ebony zuckt nur die Achsel. Ihr Blick ist hart, ihre Augen wirken kalt.

Jay erkennt sie kaum wieder. Noch vor wenigen Tagen hat sie in seinen Armen gelegen und sie haben sich gegenseitig ihre Liebe geschworen! Doch ihre Worte waren offenbar ohne Bedeutung. Die Aussichten auf Macht scheinen für Ebony verlockender und bedeutsamer zu sein als Gefühle. Jay ist tief enttäuscht.

Ram bereitet es großes Vergnügen zu sehen, wie Jay leidet, denn er hat sich auf Ebony eingelassen, obwohl er von Rams Interesse an ihr gewusst hat. Noch schlimmer getroffen hat es Ram allerdings, dass Ebony Jays Gefühle erwidert hat. Aber das alles ist nun Vergangenheit.

Schmatzend fährt sich Ram mit der Zunge über die Lippen. Seine Stimme klingt beunruhigend leise. Lauernd blickt er seinen Sicherheitschef an. „Was ist los, Jay? Willst du uns nicht gratulieren?"

Jay schluckt. „Herzlichen Glückwunsch." Mit viel Mühe presst er die Worte heraus. „Ich hoffe, ihr werdet sehr glücklich zusammen." Jay ist blass geworden. Seine Unterlippe zittert.

„Danke für deine guten Wünsche." Ram lächelt süffisant. „Deshalb mache ich dich zu meinem Trauzeugen, Jay."

Ebony zuckt zusammen. Von so viel Grausamkeit ist auch sie überrascht. Längst ist ihr klar, dass Ram von ihrem Verhältnis mit Jay weiß. Nur so erklärt sich, warum er die Situation derart auskostet. Genau das ist jedoch das Gefährliche an Ram. Er wartet mit seiner Rache, bis er wirklich verletzen kann. Ein kalter Schauer läuft Ebony über den Rücken. Ram sollte man sich nicht zum Feind machen. Dies ist auch eine Warnung an sie, das hat Ebony verstanden.

Für Ram ist die Hochzeit mit Ebony etwas ganz Besonderes. Sie geht ihm weit mehr zu Herzen, als er sich nach außen hin anmerken lässt. Bei seinen ersten beiden Eheschließungen ist das ganz anders gewesen. Java und Siva sind für ihn nichts weiter als zwei hübsche und beflissene Dienerinnen. Aber in Ebony ist Ram wirklich verliebt. Dieses Gefühl ist für Ram vollkommen neu, es verwirrt ihn. Er beschließt, ein geheimes Cyber-Tagebuch zu führen, denn zu niemandem in seiner Umgebung hat er genügend Vertrauen, um über seine tiefen Gefühle für Ebony und sein Glück ehrlich zu sprechen. Er sichert sein Tagebuch mit einem Codewort. So fühlt er sich sicher, dass wirklich niemand außer ihm Einblick in die brisanten Zeilen erhält. Ram möchte seine empfindsame Seite vor der Öffentlichkeit geheim halten. Dennoch spürt er, wie gut es ihm tut, seine Gefühle und Gedanken niederzuschreiben.

Rams geheimes Tagebuch

Montag, 30.10.

Ich bin überglücklich, endlich einen Menschen gefunden zu haben, der mir ebenbürtig ist. Ich kann es kaum erwarten, dass Ebony mir ihr Jawort gibt. Ebony weiß genau, was sie will, und sie erreicht ihr Ziel immer. Ich habe noch niemals eine Frau wie sie kennen gelernt. Sie steckt voller Kraft und Entschlossenheit. Ihre Ausstrahlung fasziniert mich. Für mich ist Ebony eine echte Herausforderung und ich möchte alles tun, damit sie sich in meiner Nähe ebenso wohl fühlt wie ich mich in ihrer. Ich bin fest davon überzeugt: Vor uns liegt eine glückliche gemeinsame Zukunft.

Ram

Mit einem versonnenen Lächeln schließt Ram das Tagebuch wieder. Dies ist der erste Eintrag und er ist sicher, dass noch eine ganze Reihe weiterer folgen werden. Dieses Cyber-Tagebuch wird so etwas wie ein enger Vertrauter für ihn sein.

Jay findet einfach keine Ruhe mehr. Noch immer kann er nicht verstehen, warum Ebony ihrer beider Liebe verrät. Zwischen ihnen hat es eine Verbindung gegeben, die sie beide für einzigartig gehalten haben. Ebony hegt für Ram keine tiefen Gefühle, das weiß Jay. Aber warum tut sie ihm dies dann an? Wenn Ebony erst einmal Rams Frau ist, dann werden sie keine Gelegenheit mehr haben, sich unter vier Augen zu sprechen. Dafür wird Ram schon sorgen. Entschlossen macht sich Jay auf den Weg zu Ebonys Zimmer. Das Mindeste, was sie ihm schuldig ist, ist eine Erklärung, wenn sie schon nichts sagen kann, um Jays Schmerz zu lindern. Jay hofft verzweifelt, dass die Hochzeit nur vorgetäuscht werden soll. Denn, wie er erfahren hat, soll sie im Cyberspace stattfinden. Jay stellt Ebony zur Rede, doch sie schweigt beharrlich. Statt seine Fragen zu beantworten, blickt sie ihn nur vorwurfsvoll an, ganz so, als sei *er* derjenige, der *ihr* das Herz gebrochen hat. Aber Jay kann sich beim besten Willen nicht vorstellen, wie er das getan haben soll. Er ist sich keinerlei Schuld bewusst.

Salene hat ihr Amt als Anführerin der Städter angenommen. Ihr Büro hat sie in der Mall eingerichtet, von dort aus will sie die Geschäfte der Stadt führen. Mit viel Elan beginnt Salene ihre Arbeit. Sie steckt voller Pläne. Dee und Patch stellt sie als Nachrichtenredakteure für das Citynet ein, damit die Städter umfassend und objektiv informiert werden. Salene ist der Ansicht, das Citynet solle nicht nur der Unterhaltung dienen, sondern in erster Linie der Bildung. Pride glaubt allerdings nicht, dass Ram dies wirklich zulassen wird. Doch Salene hört nicht auf seine Warnungen.

Im Citynet gibt Ram seine bevorstehende Hochzeit mit Ebony bekannt. Die Mall Rats sind geschockt. Sie befürchten, Ebony nun endgültig verloren zu haben. Schon am nächsten Tag soll die Zeremonie im Cyberspace vollzogen werden.

Ram lässt nach Salene schicken. Als neue Anführerin der Städter soll sie die feierliche Handlung vollziehen.

Salene willigt ein, obwohl sie sich nicht wohl dabei fühlt. Sie ahnt, dass Ram sie für seine Zwecke missbraucht, obwohl sie nicht genau sagen kann, warum sie dieses Gefühl hat.

Pride macht Salene heftige Vorwürfe. Er sieht seine schlimmsten Befürchtungen bestätigt. Seiner Ansicht nach hat sich Ram die gutherzige Salene nicht zufällig als neue Anführerin auserkoren. Außerdem hat Ram die Wahl bestimmt manipuliert. Davon ist Pride nach wie vor überzeugt.

Pride macht sich auf den Weg zum Hauptquartier der Technos. Er will Ram zur Rede stellen, doch Pride bekommt keine Chance dazu. Die Wachen der Technos nehmen ihn gefangen. Ram weiß, wie sehr Pride in der Stadt und bei den Anführern der anderen Stämme Stimmung gegen die Technos macht. Pride bekämpft die Technos, wo immer er kann. Zu sehr widerspricht deren Lebensweise Prides Vorstellungen von einem harmonischen Leben mit der Natur.

Ram hat sich entschlossen, Pride ein für alle Mal von den technischen Errungenschaften der Technos zu überzeugen. Er wird Pride einer Gehirnwäsche unterziehen. Deshalbt lässt Ram Pride von seinen Wachen in den so genannten Dream-Room führen. Pride muss sich auf einen Stuhl setzen, zwei Technos legen ihm eine Maske über das Gesicht. Diese ist ein technisch hoch entwickeltes Gerät mit Sensoren, die elektrische Impulse aussenden und aufnehmen können. Das Ganze ist an ein kompliziertes Computerprogramm und einen Laptop angeschlossen. Sobald man die Maske aufzieht und das Computerprogramm aktiviert, ist man im Cyberspace, in der virtuellen Welt.

Für Pride, den Naturmenschen, hat sich Ram ein ganz besonderes Programm ausgedacht. Im Cyberspace soll sich Pride wie ein Vogel fühlen. Die Illusion glückt und Pride glaubt tatsächlich, er kann fliegen. Ein bisher nicht gekanntes Glücksgefühl durchströmt ihn. Gierig saugt er jedes Bild, jeden Eindruck in sich auf.

Gefährliche Träume

Ved weckt Pride aus seinem Cyberspace-Traum und bringt ihn zurück zur Mall. Pride ist noch immer ganz benommen. Salene ist es, die ihn findet und sich um ihn kümmert. Pride scheint von all dem nichts mitzubekommen, er wirkt völlig verändert. Er reagiert nicht auf Salenes wiederholte Fragen, was mit ihm los ist. Stattdessen erzählt er ihr von seinen unübertrefflichen Erlebnissen im Cyberspace und davon, dass das Citynet das Tor zu einer faszinierenden neuen Welt ist.

Salene traut ihren Ohren nicht. Niemand hat sich bisher so vehement gegen die von den Technos eingeführten Neuerungen gewehrt wie Pride. Salene ist von Prides plötzlicher Wandlung tief beunruhigt. Immer wieder versucht sie ihm mehr zu entlocken, aber sie kommt einfach nicht mehr an ihn heran. Pride wirkt vollkommen entrückt.

Lex bereut es zutiefst, Siva mit einer anderen Frau betrogen zu haben. Er versteht, warum sie verletzt ist und nichts mehr mit ihm zu tun haben will. Doch Lex liebt Siva noch immer. Er hofft, Siva gibt ihm die Chance, seinen Fehler wieder gutzumachen. Natürlich kann Lex nicht einfach zu Siva gehen und ihr sagen, wie gerne er sie sehen möchte. Ram wird niemals zulassen, dass er das Hotel betritt. Seit Lex nicht mehr im Cyberspace kämpft, hat er zum Hotel keinen Zutritt mehr. Deshalb bittet er Dee, an Siva eine Botschaft zu überbringen.

Am verabredeten Tag wartet Lex in seinem Unterschlupf auf Siva. Er hat Kerzen angezündet und alles so schön wie möglich hergerichtet. Aber Siva lässt ihn warten. Als sie schließlich zaghaft an seine Tür klopft, öffnet Lex sofort. Tatsächlich steht Siva vor ihm. Überglücklich nimmt er sie in die Arme.

Siva hat sich lange überlegt, ob sie zu diesem Rendezvous gehen soll. Eigentlich hat sie Lex seinen Fehltritt längst verziehen, trotzdem weiß sie nicht, ob sie sich wirklich auf ihn verlassen kann. Denn Siva will nicht länger eine Techno sein. Die Situation im Hotel ist für sie mittlerweile unerträglich geworden. Ram hat nur noch Augen für Ebony. Siva setzt sich neben Lex aufs Bett und ergreift seine Hand. „Lex, ich muss dir etwas sagen. Es ist wichtig. Ich werde nicht wieder zurückgehen. Ich will keine Techno mehr sein." Ihre Stimme ist nur noch ein Flüstern. „Kann ich bei dir bleiben?"

Im ersten Moment ist Lex sprachlos. Dann huscht ein Strahlen über sein Gesicht. „Natürlich. Das ist eine wunderbare Nachricht! Kein Sorge,

Siva, ich habe keine Angst vor Ram." Zärtlich streicht Lex seiner Freundin über die Wange. Dann zieht er sie an sich und küsst sie.

Lex hat auch schon eine Idee, wo er sich zusammen mit Siva verstecken kann. Denn ohne Frage wird Ram seine Wachen nach ihr suchen lassen, um sie wieder zurückzubringen. Lex ist klar, wie hart Ram Siva bestrafen wird, wenn er sie findet. Aber dieser Ort, an den er denkt, ist perfekt. Es ist eine alte Farm etwas außerhalb der Stadt. Weit und breit gibt es kein weiteres Haus. Dort werden die Technos Siva niemals finden.

Gleich am nächsten Morgen führt Lex seine Freundin zu der Farm. Siva ist allerdings alles andere als begeistert. Überall ist es schmutzig, denn in dem baufälligen Gebäude hat schon lange kein Mensch mehr gelebt. Hier gibt es nicht den Luxus und die Bequemlichkeit, wie sie es von ihrem Leben an der Seite Rams kennt. Angeekelt schaut sich Siva um. Den aufkeimenden Zweifel, ob sie sich wirklich richtig entschieden hat, schiebt sie tapfer beiseite. Als Lex sie dann allerdings auch noch alleine lässt, um in der Stadt etwas zu erledigen, beginnt sie zu weinen. Doch Siva weiß, dass es für sie keinen Weg mehr zurück gibt.

Lex weiß genau, wohin er will. Er schleicht sich ins Hotel und schlüpft ohne anzuklopfen in Ebonys Zimmer. Niemand darf ihn sehen, sonst wird Ram ihn sofort festnehmen. Und Lex möchte sich gar nicht vorstellen, was dann mit ihm geschieht.

Ebony schreckt auf und starrt ihn entgeistert an.

Lex zwinkert ihr verschwörerisch zu. „Ich bin gekommen, weil ich eine Freundin um einen Gefallen bitten will." Nervös tritt er von einem Fuß auf den anderen. „Ich weiß, Ram wird dir jeden Wunsch erfüllen. Bitte ihn für mich, Siva freizugeben. Ich weiß, du kannst ihn dazu bewegen."

Nachdenklich schweigt Ebony. Sie hat sich bereits gedacht, dass Sivas Verschwinden irgendetwas mit Lex zu tun hat. Schließlich kennt sie ihre Schwester. Und sie kennt auch Lex. Für Ebony ist der Gedanke, Siva nicht mehr jeden Tag um sich zu haben, durchaus reizvoll. Vielleicht kann sie ihren Einfluss auf Ram dadurch noch vergrößern. Ebony nickt entschlossen. „Okay, ich werde es versuchen."

Als Ebony Ram wenig später ihr Anliegen vorträgt, ist Ram zunächst skeptisch. Dann allerdings kann Ebony ihm ein Argument nennen, das ihn überzeugt, die Suche nach Siva aufzugeben. „Siva ist zu den Städtern übergelaufen. Stell dir vor, wie viele Keime und Bakterien sie von dort mitbringen kann." Eindringlich blickt Ebony Ram an. „Willst du dieses Risiko für deine Gesundheit wirklich eingehen?"

Allein schon diese Vorstellung ist das pure Grauen für Ram, und das weiß Ebony ganz genau. „Du brauchst Siva nicht mehr, jetzt hast du schließlich mich!“ Mit unschuldiger Miene lächelt sie Ram an.

Ram fühlt sich geschmeichelt. „Damit hast du Recht. Trotzdem: Ich kann vergessen, aber nicht vergeben. Ab sofort ist Siva bei den Technos nicht mehr willkommen. Sie verliert alle Vorrechte und ich will ihren Namen hier nicht mehr hören.“

Ebony schluckt. Sie hofft, dass sich Siva ihre Entscheidung, Ram zu verlassen und von nun an mit Lex zusammen zu sein, wirklich gut überlegt hat.

Ebony kehrt auf ihr Zimmer zurück, wo Lex noch auf sie wartet. Mit einem kurzen Kopfnicken lässt sie ihn wissen, dass sie erreicht hat, worum er sie gebeten hat.

Dankbar wirft Lex ihr eine Kusshand zu. Jetzt ist er Ebony einen Gefallen schuldig. Aber für Sivas Freiheit nimmt er dies gerne in Kauf.

Kaum ist Ram wieder alleine, beginnt er Ebony bereits zu vermissen. Doch das will er sich nicht anmerken lassen. Um seine Sehnsucht ein wenig zu lindern, widmet er sich seinem Cyber-Tagebuch. Darin kann er ungestört in seinen Gefühlen für Ebony schwelgen, ohne Angst haben zu müssen, dafür ausgelacht zu werden.

Rams geheimes Tagebuch

Freitag, 03.11.

Ich kann es kaum glauben. Diese Frau schafft es immer wieder, mich um den Finger zu wickeln. Aber ich kann ihr einfach nicht widerstehen, wenn sie mich mit ihren unergründlichen Augen anschaut. Ich weiß, dass ich mich wie ein verliebter Schuljunge benehme. Zum ersten Mal in meinem Leben habe ich solche Gefühle. Endlich einmal bin nicht ich derjenige, der die Entscheidungen trifft. Ebony lässt sich nichts befehlen. Sie hat ihren eigenen Kopf und den setzt sie auch durch. Ich genieße jeden Augenblick, den ich in ihrer Nähe bin.

Ram

Mit einem versonnenen Lächeln schließt Ram sein Tagebuch. Ebony und ihn verbinden mehr Gemeinsamkeiten, als Außenstehende vielleicht vermuten. Sie sind beide echte Machtmenschen, die es gewohnt sind, ihrer Umgebung ihren Willen aufzuzwingen. Wenn zwei solche Menschen aufeinander treffen, verspricht das durchaus unterhaltsam zu werden. Dies ist eine Sache ganz nach Rams Geschmack.

Was plant Ram?

In ihrer Not wendet sich Salene an Jay und bittet ihn, in die Mall zu kommen. Prides Zustand hat sich noch immer nicht gebessert. Er redet kaum noch und scheint sich für nichts zu interessieren, was in seiner Umgebung geschieht. So kann es nicht weitergehen. Den ganzen Tag sitzt Pride vor dem Monitor des Computers in der Mall, immer in der Hoffnung auf eine Gelegenheit, in die virtuelle Welt entfliehen zu können.

Jay muss nur einen Blick auf Pride werfen, um zu wissen, worunter er leidet. Pride ist süchtig nach dem Cyberspace. Jay kann nur hoffen, dass Pride stark genug ist, sich von dieser Besessenheit zu befreien.

Doch Pride kann dies nicht alleine schaffen, das weiß Jay. Er braucht sachkundige Unterstützung, am besten von ausgebildeten Ärzten. Jay entschließt sich, bei Ram noch einmal wegen der längst versprochenen Krankenhäuser und Medikamente nachzufragen. Seit geraumer Zeit hat er das Gefühl, dass sich Ram für diese Dinge gar nicht mehr interessiert. Dabei ist es die feste Zusage Rams gewesen, die Lebensbedingungen der Menschen zu verbessern, die Jay vor langer Zeit dazu bewogen hat, sich den Technos anzuschließen. Nun allerdings scheint Ram nur noch seine Macht ausbauen zu wollen. Allmählich fängt Jay an, sich für seine Zugehörigkeit zu den Technos zu schämen. Zwar hat er den Städtern schon ein paar Mal geholfen, aber früher oder später wird er sich entscheiden müssen, ob er nicht ganz die Seiten wechselt.

Zu Jays Überraschung willigt Ram sofort ein, ihm die notwendigen Medikamente zukommen zu lassen. Außerdem stellt er Jay ein Gebäude zur Verfügung, das er als Krankenhaus für die Städter nutzen kann. Jay ist angenehm überrascht. Seine Freude wandelt sich jedoch schnell in helles Entsetzen, als er sich – in Begleitung von Salene und Dee – die Räumlichkeiten anschaut. Es herrscht das reinste Chaos. Regale sind aus der Wand gerissen, auf dem Boden türmen sich Abfälle. Die Farbe blättert von den Wänden und es riecht nach Feuchtigkeit und Schimmel. Das ganze Haus macht den Eindruck einer Ruine, die bald in sich zusammenfallen wird. Dort Kranke zu behandeln, das ist völlig undenkbar.

In einer Ecke stehen drei Kartons mit Medikamenten. Das ist alles. Dieser klägliche Vorrat an Arznei wird nicht einmal für eine einzige Woche ausreichen. Keine Frage: Dies ist Rams Art, sich über Jays Gutgläubigkeit lustig zu machen. Ram hat zu keinem Zeitpunkt wirklich die Absicht gehabt, auf Jays Forderungen einzugehen.

Unterdessen hat Ram schon wieder neue Pläne. Die Übertragungen im Citynet reichen ihm nicht mehr aus. Jeder in der Stadt soll eingescannt werden, um am großen, allumfassenden Spiel im Cyberspace teilnehmen zu können. Für die Städter jedenfalls soll es weiterhin den Anschein haben, es handle sich lediglich um ein Spiel. In Wahrheit jedoch verfolgt Ram viel weitreichendere Pläne. Wenn er erst einmal das virtuelle Abbild eines jeden Bewohners der Stadt in seinem Zentralcomputer gespeichert hat, dann ist alles möglich. Ram wird der alleinige Herrscher über die Wirklichkeit sein, denn nur er wird wissen, was virtuelle Welt und was Realität ist. Dann endlich hat Ram die absolute Kontrolle und kann jeden Menschen nach Belieben manipulieren. Ein gigantisches Spektakel!

Eines allerdings betrübt Ram: Er hat niemanden, mit dem er seinen Triumph teilen kann. Selbst Ved und Java wissen nur einen Bruchteil der Dinge, die möglich sind, wenn das Programm vollständig installiert und funktionsfähig ist. Ram beschließt, wieder ein paar Zeilen in sein geheimes Tagebuch zu schreiben. Dort sind seine Gedanken sicher aufgehoben, denn Ram ist sicher, dass niemand das Codewort knacken kann.

Rams geheimes Tagebuch

Sonntag, 05.11.

Ich bin so unglaublich stolz auf dieses Projekt! Ich will mich ungern selbst loben, aber es ist einfach genial! Schade, es gibt niemanden, der die Großartigkeit dieser Sache wirklich erfasst. Der einzige Mensch, der mich annähernd versteht und in meinen Dimensionen denken kann, ist Ebony. Vielleicht ist es sinnvoll, sie ein wenig mehr in meine Pläne einzuweihen. Denn oft fühle ich mich sehr einsam. Vielleicht kann sie mir helfen, diese Einsamkeit zu überwinden. Ich werde auf jeden Fall darüber nachdenken.

Ram

Ram schließt sein Tagebuch wieder, um sich der Weiterentwicklung seiner Software zu widmen. Es liegt noch viel Arbeit vor ihm, aber das Ziel ist diesen Einsatz wert.

Auf der Farm hat Siva die ganze Nacht kein Auge zugetan. Zu viele fremde Geräusche um sie herum lassen sie immer wieder aufschrecken.

Als Lex sie am Morgen besucht, fällt sie ihm erleichtert um den Hals. Endlich ist Siva nicht mehr alleine. Stolz berichtet Lex ihr, dass Ram sie freigegeben hat.

Siva atmet erleichtert auf, denn sie hält es nicht eine Stunde länger in diesem schrecklichen Haus aus. Die Farm ist der reinste Alptraum für sie. Es gibt jedoch einen Ort, an dem sie sich durchaus vorstellen kann, mit Lex zusammenzuleben – und das ist die Mall.

Allerdings ist nicht anzunehmen, dass sie beide dort mit offenen Armen aufgenommen werden. Für die Mall Rats ist und bleibt Siva eine Techno. Sie werden ihr niemals vertrauen. Trotzdem ist Siva sicher, diese erste Ablehnung mit Hilfe von Lex' Liebe ertragen zu können. Und mit der Zeit werden sich die Mall Rats sicher an sie gewöhnen. Das hofft Siva jedenfalls.

Lex ist nicht so optimistisch wie seine Freundin. Aber auch ihm fällt kein anderer Ort ein, an dem sie leben können. Sie werden es in der Mall versuchen.

Ein gewagter Annäherungsversuch

Die Mall Rats sind alles andere als begeistert, als Lex ihnen offenbart, dass Siva ab sofort eine von ihnen sein und in der Mall leben will. Trotzdem lassen sich die beiden Verliebten nicht beirren. Lex wird sein Zimmer mit Siva teilen. Sie entledigt sich ihres schwarzen Technoanzugs und trägt ab sofort die bunte Kleidung der Städter. Salene und Dee haben ihr ein paar ihrer eigenen Sachen überlassen. Trotzdem fällt es Siva nicht leicht, sich an das Leben in der Mall zu gewöhnen. Alles ist so anders als in der künstlich sterilen Welt der Technos. Mit ihrem übertriebenen Putzdrang geht Siva den anderen ziemlich auf die Nerven. Lex ist es schließlich, der Siva unmissverständlich klarmacht: Nur wenn sie sich nützlich macht, werden die Mall Rats sie akzeptieren.

Diesen Rat nimmt sich Siva zu Herzen. Zwar gibt es nicht viel, was sie tun kann, um das Leben der anderen in der Mall zu erleichtern, aber ihr wird schon etwas einfallen. Siva entschließt sich, für die anderen Brot zu backen. Sie gibt sich sehr viel Mühe, will alles perfekt machen.

Doch leider lässt sie das Brot viel zu lange im Backofen.

Die Freunde schauen sich an, aber niemand sagt etwas. Tapfer versuchen sie, die reichlich verkohlten Überreste irgendwie hinunterzuschlucken. In Sachen Haushalt muss Siva zwar noch viel lernen, aber die Mall Rats erkennen Sivas Bemühungen an, eine von ihnen zu werden. Und Siva ist den Mall Rats unendlich dankbar, da sie sie nicht einfach ausgelacht haben.

Die Stimmung im Hauptquartier der Technos ist angespannt. Von dem Hochgefühl, in dem Ram seit seiner Hochzeit mit Ebony geschwelgt hat, ist nicht mehr viel übrig geblieben. Erst lässt Siva ihn im Stich und läuft zu den Städtern über. Das allein schon ist eine unverschämte Kränkung. Dann beschwert sich Jay bitterlich bei Ram, weil er mit dem Krankenhaus und der Medizin nicht zufrieden ist. Zu allem Überfluss kommt nun auch noch Ved zu ihm und erzählt, eine Vielzahl der Städter würden sich nicht scannen lassen. Tatsächlich ist es in der Stadt bereits zu Unruhen gekommen. Ved muss die Menschen mit Unterstützung der Techno-Wachen zusammentreiben, damit sie sich überhaupt der komplizierten technischen Prozedur unterziehen. Zwar verfolgen die Städter mit Begeisterung die Computerspiele, die über das Citynet übertragen werden und nehmen auch selbst daran teil, wenn ein interaktiver Zugang besteht. Trotzdem haben viele der Menschen noch Angst vor der neuen Technik.

Ram ist außer sich vor Wut. Seine Augen funkeln böse. „Wie kannst du es wagen, mich so zu enttäuschen? Ich habe dir diese Aufgabe übertragen, weil ich dich für den richtigen Mann dafür gehalten habe. Aber offenbar habe ich mich geirrt: Schon mit dieser Kleinigkeit bist du hoffnungslos überfordert!" Donnernd lässt Ram seine Faust auf die Armstützen seines Rollstuhls krachen.

Es kostet Ved viel Mühe, seine Selbstbeherrschung nicht zu verlieren. Er arbeitet hart, um Rams Wünsche umzusetzen und die Software der Computerprogramme auf den aktuellen Stand zu bringen. Aber Ram stellt sich das alles offenbar viel einfacher vor, als es tatsächlich ist. „Was weißt du denn schon von dem Leben dort draußen?", braust Ved auf. „Ich mache meinen Job gut. Mehr als die Hälfte der Städter ist bereits gescannt. Auch wenn du es dir offenbar nicht vorstellen kannst: Dort draußen gibt es noch immer Menschen, die uns als Feinde betrachten."

In dem Raum ist es ganz still geworden. Mit keiner Regung lässt sich Ram anmerken, was er gerade denkt. Aber seine Gedanken überschlagen sich. Ved ist zu weit gegangen. Derartig hitzköpfige Mitarbeiter kann Ram nicht gebrauchen, zumal, wenn sie sich überschätzen wie Ved. Ram allein ist es, der bestimmt, was geschieht. Von jemandem wie Ved wird er sich seine Pläne nicht durchkreuzen lassen.

Ram muss seiner Wut dringend Luft machen. Deshalb entschließt er sich, ein paar Zeilen in sein Cyber-Tagebuch zu schreiben.

Rams geheimes Tagebuch

Dienstag, 07.11.

So geht es nicht mehr weiter! Meine engsten Mitarbeiter tanzen mir auf der Nase herum! Ich werde Ved zu einem Duell im Cyberspace herausfordern. Natürlich wird er eine klägliche Niederlage erleiden. Auch sein Bruder Jay benimmt sich nicht besser. Ständig liegt er mir in den Ohren wegen Krankenhäusern und Medizin. Ich kann es nicht mehr hören! Meine Computerprogramme, das Citynet, all das scheint ihn gar nicht zu interessieren. Außerdem verbringt Jay inzwischen viel zu viel Zeit bei diesen Städtern. Allein schon der Gedanke daran widert mich an. Ich habe das Gefühl, Jay weiß nicht mehr, auf welcher Seite er steht. Ich werde versuchen, ihn so schnell wie möglich loszuwerden.

Ram

Ram nickt zufrieden. Er fühlt sich schon viel besser, sein Zorn ist verraucht. Es wird Ram großes Vergnügen bereiten, sich zu überlegen, wie er sich seines obersten Offiziers elegant entledigen kann.

Auch Java spürt, dass etwas in der Luft liegt. Sie ist noch immer aufgebracht, weil Ram Ebony geheiratet hat. Vor Ram lässt sie sich dies jedoch nicht anmerken. Sie ist so liebenswürdig zu ihm wie immer. Aber sie belauscht seine Gespräche und beobachtet ihn genau. Durch einen Zufall erfährt sie, was Ram vorhat.

Wieder einmal spioniert Java Ram hinterher. Ram verbringt einige Zeit im Cyberspace und tippt anschließend einen Text auf der Tastatur seines Laptops, der direkt an die Software für das Cyberspace-Programm gekoppelt ist. Java kommt dies sehr merkwürdig vor. Als sie sich durch ein Räuspern bemerkbar macht, fährt Ram erschrocken auf. Hastig klappt er den Laptop zu.

Java tut, als habe sie nichts bemerkt. Unter einem Vorwand schickt sie Ram aus dem Zimmer. Ein paar schnelle Handgriffe genügen und Java befindet sich in genau dem Programm, in dem Ram wenige Minuten zuvor gewesen ist. Dummerweise wird sie nach einem Codewort gefragt. Ohne lange zu überlegen, gibt Java den Namen ‚Ebony' ein. So verliebt, wie es Ram in seine frisch angetraute Ehefrau ist, kommt eigentlich nur ihr

Name in Frage. Mit dieser Vermutung hat Java mitten ins Schwarze getroffen. Vor ihren Augen öffnet sich ein Dokument, das offenbar Rams privates Tagebuch ist. Eilig überfliegt Java die letzten Zeilen, die Ram dort niedergeschrieben hat und schließt die Datei wieder. Was sie dort jedoch gelesen hat, ist hoch brisant: Ram will Jay loswerden! Natürlich darf Ram niemals erfahren, wie sie an diese Information gelangt ist. Trotzdem ist Java entschlossen, Jay zu warnen.

Schon lange hat Java eine Schwäche für Jay. Bisher ist er auf ihre Annäherungsversuche nie eingegangen, doch diesmal wird sie ihn mit äußerst brisanten Informationen über Ram ködern. Dem wird sogar Jay nicht widerstehen können.

Bei der erstbesten Gelegenheit spricht Java Jay an. Sie lädt ihn zu einem romantischen Abendessen in ihr Zimmer ein. Wenn er zu ihr kommt, will sie ihm Rams Pläne enthüllen.

Tatsächlich ist Jay neugierig geworden und verspricht, die Verabredung einzuhalten.

Java wartet lange auf Jay. Die Stunden vergehen, doch er erscheint nicht. Als es dann endlich an ihre Tür klopft und Jay wenig später eintritt, ist Java außer sich vor Zorn. Zwar entschuldigt sich Jay für seine Verspätung, doch Java will seine fadenscheinigen Erklärungen nicht hören. Wutentbrannt beschimpft sie ihn und dabei rutscht ihr heraus, dass Ram seinen Sicherheitschef loswerden will. Ungläubig starrt Jay sie an. Dann macht er auf dem Absatz kehrt und knallt die Tür hinter sich zu.

Ein ungleicher Kampf

Der Kampf zwischen Ram und Ved soll im Citynet übertragen werden. Ram will allen zeigen, was in ihm steckt. Auch Ebony, Java und Jay sollen dabei sein, wenn Ram im Cyberspace gegen Ved antritt. Schließlich will Ram nicht nur die Menschen in der Stadt von seiner Stärke überzeugen, sondern auch seine eigenen Leute. Ram kann den Beginn des Kampfes kaum erwarten. Um sich die Wartezeit ein wenig zu verkürzen, setzt er sich an seinen Computer und schreibt ein paar Zeilen in sein Cyber-Tagebuch. Ram merkt nicht, dass es erst vor kurzem von einer Person geöffnet worden ist, für deren Augen der Inhalt nicht bestimmt ist. Ahnungslos vertraut er dem Tagebuch auch diesmal wieder seine geheimsten Gedanken an.

Rams geheimes Tagebuch

Donnerstag, 09.11.

Es kribbelt mir schon in den Fingern. Viel zu lange ist es her, dass ich selbst im Cyberspace meine Kräfte mit anderen gemessen habe. Natürlich steht

es ganz außer Frage, ich werde Ved besiegen. Zu Beginn lasse ich es etwas ruhiger angehen, damit Ved glaubt, er habe eine Chance gegen mich. Dann ziehe ich das Tempo an, meine Schläge werden härter. Ich weiß, meine Ausdauer ist sehr gut. Bestimmt wird Ved, dieser Kindskopf, sofort mit voller Kraft losschlagen. Wenn ich dann zum Finale aushole, ist seine Kraft mit Sicherheit bereits aufgebraucht. Dann habe ich leichtes Spiel mit ihm. Es ist eben gefährlich, mich zu unterschätzen. Ved ist schon immer leichtsinnig und vorlaut gewesen. Es wird höchste Zeit. Ich muss ihm einen gehörigen Denkzettel verpassen.
Ram

Ram ist zufrieden mit seiner Taktik. Er schließt sein Tagebuch, denn es ist Zeit in den Dream-Room zu gehen. Ved und die anderen werden dort bestimmt schon warten.

Als der angekündigte Kampf zwischen Ram und Ved im Citynet übertragen wird, sitzen die Städter wie gebannt vor den Monitoren. Ved und Ram sind beinahe gleich stark, so sieht es jedenfalls aus. Dann jedoch gewinnt Ram die Oberhand. Er verpasst Ved ein paar harte Treffer, der gerät zuerst ins Taumeln und geht dann zu Boden. Der Kampf ist beendet. Ram ist der strahlende Sieger.

Nur mit Mühe kommt Ved wieder auf die Beine. Er nimmt die Maske mit den Sensoren vom Gesicht, mit deren Hilfe die virtuelle Illusion geschaffen wird. Ohne ein Wort an Ram, der ihn mitleidig mustert, verlässt Ved den Dream-Room. Hier sind all die komplizierten technischen Geräte angeschlossen, die notwendig sind, um in den Cyberspace zu gelangen. Als Ved die Tür hinter sich geschlossen und den Flur erreicht hat, bricht er zusammen.

Doch Ved hat Glück im Unglück, denn Salene findet ihn. Sie hat gerade Ebony einen Besuch abgestattet, um sie um mehr Medikamente und bessere Instrumente für das Krankenhaus zu bitten. Als sie Ved zusammengekrümmt am Boden liegen sieht, stößt sie einen hellen Schrei aus. Salene beugt sich über ihn und hilft ihm auf die Beine. Für sie ist klar: Er muss sofort ins Krankenhaus.

Dort haben Salene, Pride, Dee und Patch bereits ein paar Räume einigermaßen hergerichtet. Zwar fehlt es ihnen noch an vielen notwendigen Dingen, doch die Zimmer sind sauber, die Wände gestrichen und frisch bezogene Betten warten auf die Patienten.

Ved ist zu schwach, um sich zu wehren, denn normalerweise ist er zu stolz, um Hilfe von den Städtern anzunehmen. Mit vereinten Kräften schaffen es Salene und Ved schließlich bis zum Krankenhaus.

Vorsichtig legt Salene ihren Patienten auf eine der Liegen und untersucht ihn, so gut ihr dies eben möglich ist. Ved scheint eine Gehirnerschütterung zu haben. Das bedeutet, er braucht absolute Ruhe.

Nach dem erfolgreichen Kampf ist Rams Laune deutlich besser geworden. Aber auch die Nachricht, dass mittlerweile fünfundneunzig Prozent der Städter gescannt sind, gibt ihm neue Zuversicht. Sein großes Ziel scheint in greifbare Nähe gerückt. Längst brauchen die Menschen in der Stadt die interaktiven Computerspiele, die Ram im Citynet übertragen lässt. Bald werden sie *alles* tun, nur um spielen zu können. Dann ist Ram der uneingeschränkte Herrscher über ihren Willen und ihr Handeln. Das ist es, was er erreichen möchte. Voller Stolz erzählt er Ebony von seinen Plänen.

Ebony ist entsetzt. Bisher hat sie nicht geahnt, welche Bedeutung der Cyberspace und die Computerspiele für Ram wirklich haben. Vor allem aber hat sie nicht gewusst, dass er diese technischen Mittel gezielt einsetzt, nur um seine Macht noch vollkommener zu machen.

Es entgeht Ram nicht, wie wenig Begeisterung Ebony für seine Pläne zeigt. Er hatte mehr von ihr erwartet. Ram will alleine sein, deshalb schickt er Ebony auf ihr Zimmer. Dann setzt er sich an seinen

Laptop, um einen weiteren Eintrag in sein Cyber-Tagebuch zu machen. Er liest die letzten Einträge noch einmal durch. Das tut gut, denn hier hat er eine Möglichkeit gefunden, seinen Gedanken freien Lauf zu lassen. Das Cyber-Tagebuch ist für ihn schon fast so etwas wie ein guter alter Freund geworden.

Rams geheimes Tagebuch

Sonntag, 12.11.

Vielleicht habe ich Ebony überschätzt. Eigentlich habe ich von ihr nach unserer Hochzeit mehr Interesse für meine Softwareprogramme und das Cybernet erwartet. Ebony scheint mir jedoch nicht in die fantastischen Höhen meines Geistes folgen zu können. Manchmal wirkt sie geradezu erschütternd nüchtern. Ich vermisse Visionen bei ihr. Eigentlich habe ich gehofft, durch sie einen Weg aus meiner Einsamkeit zu finden. Nun muss ich erkennen, dass ich immer alleine sein werde. Vielleicht ist dies eben das Schicksal eines Genies.

Ram

Ram genießt es, ein wenig in Selbstmitleid zu schwelgen. Er lässt sich zwei seiner Proteindrinks bringen und schließt dann die Augen. So gestärkt wird er versuchen, weitere Ideen zu erschaffen.

Das ist eine Fähigkeit, in der Ram von niemandem übertroffen wird, davon ist er überzeugt.

Jay besucht seinen kleinen Bruder im Krankenhaus. Ved geht es etwas besser. Er wird das Bett bald wieder verlassen können. Ved hat vor, dann in das Hauptquartier der Technos zurückzukehren.

Jay kann es nicht fassen. „Soll das heißen, du willst zu dem Mann zurückkehren, der dir das angetan hat?"

Ved zuckt gelangweilt die Achsel. „Warum nicht?" Trotzig reckt er das Kinn in die Höhe. Er weiß, dass Jay zurzeit nicht gut auf Ram zu sprechen ist, deshalb wird er sich jedoch noch lange nicht seiner Meinung anschließen.

Jay springt auf. Er ergreift seinen Bruder an der Schulter und will ihn schütteln. Dann beherrscht er sich jedoch, denn auf diese Art wird er Ved nicht überzeugen. „Soll das heißen, du vergibst ihm?" Mit Mühe gelingt es Jay, seiner Stimme einen ruhigen Klang zu geben.

„Das ist keine Frage des Vergebens." Nun ist es Ved, der aufbraust. „Ram *braucht* mich!" In Veds Augen funkelt etwas wie Hohn. Im Gegensatz zu Jay ist Ved weit tiefer in Rams wahre Pläne eingeweiht. Und er teilt Rams Begeisterung dafür.

Jay spürt, er kann seinen Bruder nicht überreden, Ram zu verlassen. „Dann sorge wenigstens dafür, dass er dir keinen Schaden mehr zufügt."

Traurig blickt Jay seinen Bruder an. Zwischen ihnen ist in der letzten Zeit eine Kluft entstanden, die nicht ohne weiteres überwunden werden kann. Sie stehen auf unterschiedlichen Seiten, auch wenn sie beide noch zu den Technos gehören. Jay hofft inständig, dass sie irgendwann wieder zueinander finden, denn er will seinen Bruder nicht verlieren. „Denk darüber nach, was ich gesagt habe, bitte! Tu mir den Gefallen."

Ved nickt flüchtig. Dann dreht er sich um und zieht sich die Decke tief übers Gesicht, er möchte allein gelassen werden.

Niedergeschlagen und ziemlich ratlos verlässt Jay das Krankenzimmer.

Heimlich schleicht sich Pride in der Nacht aus der Mall. Er hält es nicht mehr aus, die Sehnsucht nach dem Cyberspace wird immer drängender. Und Pride weiß, wo er diese Sehnsucht stillen kann. Die Cybercafés in der Stadt machen es rund um die Uhr möglich, in die virtuelle Welt abzutauchen. Nicht zum ersten Mal geht Pride jetzt dort hin. Seit er sich wie ein Vogel gefühlt hat, gespürt hat, wie es ist, durch die Lüfte zu schweben, kann er darauf nicht mehr verzichten.

Vor den Freunden in der Mall versucht Pride seine Sucht so gut wie möglich geheim zu halten. Salene ist jedoch längst aufgefallen, dass Prides Zimmer in der Nacht oft leer ist. Sie macht sich große Sorgen um ihn, denn sie ahnt, wohin er geht. Offenbar wird Pride seine Sucht nach dem Cyberspace einfach nicht los. Es macht Salene große Angst zu sehen, wie sehr diese virtuelle Welt einen Menschen beherrschen kann. Seit er von den Technos zurückgekehrt ist, wo er unfreiwillig von Ram in den Cyberspace geschickt worden ist, ist Pride nicht mehr er selbst. Eine furchtbare Ahnung beschleicht Salene. Nicht auszudenken, was geschieht, wenn Ram alle Städter auf diese Art abhängig machen will. Vielleicht ist Pride für Ram nur eine Versuchsperson, um festzustellen, ob sein Plan funktioniert.

Das Risiko ist gross

Ab sofort darf in der Stadt nicht mehr umsonst gespielt werden, das ist Rams neuester Entschluss, denn die Stromkosten für das Citynet sind enorm. Wer in den Cyberspace will, muss bezahlen.

Pride ist verzweifelt. Längst kann er das Spielen nicht mehr lassen, aber Geld hat er auch keines. Unruhig läuft er jetzt durch die Straßen der Stadt. Er weiß nicht, was er tun soll. Er muss irgendeine Möglichkeit finden, trotzdem weiterspielen zu können. Pride ist bereit, alles dafür zu tun, denn ein Leben ohne seine Ausflüge in den Cyberspace kann er sich nicht mehr vorstellen. Den Computerspielen gilt sein erster Gedanke, wenn er morgens aufwacht und sein letzter, wenn er nachts in einen unruhigen Schlaf fällt. Meist träumt Pride sogar von seinen Erlebnissen im Cyberspace. Nur wenn er in der virtuellen Welt ist, kann Pride sich entspannen. Dann lässt er die traurige Wirklichkeit und all seine Probleme für kurze, kostbare Momente hinter sich. Und die Gier nach dem nächsten Spiel treibt ihn immer weiter.

Ram ist nicht der Einzige, der unter der neuen

Regelung leidet. In den Straßen der Stadt kommt es bereits zu den ersten Unruhen. Die Menschen müssen hart um ihr Überleben kämpfen. Der Cyberspace ist für sie eine Möglichkeit, der tristen Realität zu entfliehen.

Ram beobachtet das Treiben auf den Straßen. Er sitzt vor einer riesigen Monitorwand im Schaltraum des Hauptquartiers und reibt sich zufrieden die Hände. Nun werden die Städter hoffentlich erkennen, welch wunderbares Geschenk er ihnen mit seiner Technologie bereitet hat, jetzt, wo sie die Freuden des Cyberspace schmerzlich vermissen müssen.

Dennoch kann sich Ram nicht recht freuen. Er fühlt sich in letzter Zeit oft müde und kraftlos. Außerdem hat er zunehmend das Gefühl, nicht mehr allen Menschen, die sich seine Freunde nennen, wirklich glauben zu können. Ram ist vorsichtig geworden. Deshalb vertraut er seine Geheimnisse nur noch seinem Cyber-Tagebuch an.

Rams geheimes Tagebuch

Dienstag, 14.11.

Ich weiß auch nicht, was los ist. Irgendwie habe ich zunehmend den Eindruck, die Kontrolle zu verlieren. Der Feind außerhalb der Wände meines Hauptquartiers ist nicht das Problem. Mit dem wer-

de ich fertig. Aber der Feind in den eigenen Reihen, der macht mir Sorgen. Jay verbringt mittlerweile mehr Zeit bei den Mall Rats als im Hauptquartier. Und auch Ved verhält sich merkwürdig. Seit er den Kampf im Cyberspace gegen mich verloren hat, wirkt er verbittert, manchmal sogar hasserfüllt. Der Junge ist wirklich empfindlich. Dabei ist er ein absoluter Computerspezialist, der wertvolle Arbeit für mich leistet. Aber ich bin mir bei ihm nicht sicher, ob ich mich noch auf ihn verlassen kann. Vielleicht hat Jay ihn gegen mich aufgehetzt. Ich glaube, Jay ist immer noch in Ebony verliebt. Und auch sie schaut ihn, wenn sie sich unbeobachtet fühlt, auf eine Art an, die mir nicht gefällt. Nur Java hält treu zu mir. Sie ist sehr um meine Gesundheit und mein Wohlergehen besorgt. Regelmäßig erinnert sie mich an meine Proteindrinks. Außerdem hat sie mir ein hundertprozentig steriles Sauerstoffgerät besorgt. Wenn ich mich schwach fühle, nehme ich daraus ein paar Züge frischen, reinen Sauerstoff und schon geht es mir besser. Das ist auch dringend notwendig, denn ich muss auf der Hut sein, darf mir keine Unachtsamkeit erlauben.

Ram

Rams Befürchtungen sind durchaus begründet. Tatsächlich versucht Jay, seinen kleinen Bruder davon zu überzeugen, die Technos zu verlassen.

Ved sträubt sich noch. Doch er beginnt zunehmend über Jays Worte nachzudenken. Er hat den Mall Rats viel zu verdanken, schließlich haben sie ihn gesund gepflegt. Und Ved hat den Eindruck, dass Ram ihn vernichten will. Als Ved Ram zur Rede gestellt hat, wieso er bei dem Kampf im Cyberspace so fest zugeschlagen hat, ist Rams einzige Reaktion ein schallendes Gelächter gewesen. Ved ist tief gekränkt. Deshalb weiht er Jay in ein Geheimnis ein, das nicht einmal Ram kennt. Bisher sind bei weitem nicht so viele Städter eingescannt worden, wie Ram glaubt. Viele der Städter haben noch immer Angst vor den neuen Geräten und sie misstrauen den Technos. Sie wollen sich nicht für deren undurchschaubare Zwecke missbrauchen lassen. Wenn dies so weitergeht, droht Rams ehrgeiziges Projekt zu scheitern.

Ein mutiger Entschluss

Jay hat sich die Entscheidung nicht leicht gemacht, aber er wird die Technos tatsächlich verlassen. Er gibt seinen Entschluss offiziell bekannt und nutzt dafür das Citynet, das normalerweise Ram vorbehalten ist. Ved ist es, der seinem Bruder dies ermöglicht hat.

Ram tobt vor Wut. Er brüllt jeden an, der ihm über den Weg läuft. Ram hasst es, nicht alles unter Kontrolle zu haben. Aufgebracht zieht er sich in sein Zimmer zurück. Er muss nachdenken. Ram setzt sich an seinen Laptop und öffnet das Cyber-Tagebuch. Wenn er seine Gedanken niederschreibt, wird er nachher sicher klarer sehen.

Rams geheimes Tagebuch

Mittwoch, 15.11.

Ich habe Jay schon länger im Verdacht gehabt, dass er nicht mehr hundertprozentig zu mir steht! Zum Glück habe ich ihn nicht über jede Einzelheit eingeweiht, die ich plane. Ich habe Großes vor. Menschen wie Jay verstehen das ohnehin nicht. Sie

sind viel zu sehr im Hier und Jetzt verhaftet. Auf solche Mitarbeiter kann ich wirklich verzichten. Soll Jay gehen, wohin er will. Er wird schon sehen, was er davon hat. Die Art und Weise allerdings, mit der er mich bloßgestellt hat, die nehme ich ihm übel. Das war eine Demütigung allerersten Grades. Ich hasse ihn dafür. Das Citynet für seine unverschämte Durchsage zu benutzen, mein Citynet, das ist wirklich die Höhe. Noch einmal wird er keine Gelegenheit haben, darauf zuzugreifen. Denn natürlich werde ich dafür sorgen, dass er nicht einmal in die Nähe meines Hauptquartiers kommt.
Ram

Ram gesteht es sich ungern ein, aber er fühlt sich immer einsamer. Ebony lässt sich kaum noch bei ihm blicken und Ved hat wieder einmal bewiesen, wie wenig man sich auf ihn verlassen kann.

Natürlich muss Jay das Hauptquartier sofort verlassen, und er sucht Zuflucht in der Mall. Trotzdem ist er nicht glücklich. Jay macht sich Vorwürfe, weil er sich so lange von Ram hat täuschen lassen. Jay hat wirklich geglaubt, Ram und er würden die gleichen Ziele verfolgen. Das Einzige, was Jay wirklich gewollt hat, ist eine bessere Welt zu erschaffen. Aber damit ist er gescheitert. Stattdessen hat er die Machenschaften eines Mannes unterstützt, dessen Absicht es ist, Menschen zu seinen Werkzeugen zu machen.

Jay weiß nicht, wie lange er noch in der Stadt bleiben kann. Vielleicht ist es das Beste, wenn er so bald wie möglich von hier verschwindet. Es gibt allerdings einen Grund, der ihn noch immer zurückhält – und das ist Ebony. Er liebt sie noch immer. Auch wenn er nicht verstehen kann, wieso sie die tiefen Gefühle verraten hat, die sie beide füreinander empfunden haben. Trotzdem möchte er in ihrer Nähe bleiben, ihr zur Seite stehen, falls sie seine Hilfe einmal brauchen sollte.

In der Mall findet Jay ausgerechnet in Siva eine echte Freundin. Sie kann gut verstehen, wie Jay sich fühlt. Schließlich hat auch sie den Schritt gewagt, die Technos zu verlassen. Bestimmt kann Jay ein wenig Zuspruch gut gebrauchen. Siva setzt sich zu Jay und legt behutsam ihre Hand auf seine. „Es ist richtig gewesen, dass du Ram verlassen hast." In ihrer Stimme klingt ein Nachdruck mit, den Jay ihr gar nicht zugetraut hat.

Überrascht blickt Jay auf. Seit Siva in der Mall ist, hat sie sich wirklich sehr verändert. Zu ihrem Vorteil findet Jay. „Du liebst Lex, oder?"

Siva antwortet ohne auch nur einen Augenblick zu zögern. „Ja! Weißt du, nach außen hin spielt Lex immer gern den wilden Kerl. Aber eigentlich ist er ganz anders. Er ist leidenschaftlich und zärtlich zugleich. Denkst du, ich sollte nicht so für ihn fühlen?"

Lächelnd schüttelt Jay den Kopf. „Nein, ganz im Gegenteil. Ich bewundere deinen Mut. Um mit Lex zusammen zu sein, hast du alles hinter dir gelassen. Dafür braucht man einen starken Glauben an die Liebe. Und den hat nicht jeder." Ein Ausdruck von Trauer huscht über Jays Gesicht. Ebony hat diesen Glauben nicht aufgebracht. Immer wenn er daran denkt, spürt er einen stechenden Schmerz mitten im Herzen.

Lex nutzt die Gunst der Stunde und tauscht Champagner gegen Spielcodierungen der Technos ein. Seit für das Spielen im Cyberspace bezahlt werden muss, sind die Codierungen sehr gefragt und Lex kann sich aussuchen, was er dafür haben will.

Allerdings ahnt Lex nicht, dass sich Pride schon seit einiger Zeit an seine Fersen geheftet hat und jede seiner Transaktionen genau verfolgt. Dann stellt sich Pride ihm plötzlich in den Weg. Lex bemerkt sofort Prides irren Blick. Seine Haare stehen ihm wild vom Kopf ab und er wirkt reichlich durcheinander. Es ist Lex sofort klar, worauf Pride es abgesehen hat, denn Pride ist nicht der einzige Spielsüchtige, den Lex in den letzten Tagen gesehen hat. Lex weiß, wie gefährlich Pride in diesem Zustand ist. Deshalb lässt er es nicht auf einen Kampf ankommen, sondern übergibt Pride die Spielcodierungen.

Pride strahlt über das ganze Gesicht. Endlich

kann er wieder spielen! Das ist alles, was für ihn zählt, nur darum kreisen seine Gedanken. Mit schnellen Schritten eilt Pride auf das nächste Cybercafé zu. Seine Hände zittern, als er mit Hilfe der Codierung die Sperre aufhebt und der Monitor vor ihm zu flackern beginnt. Das Spiel kann endlich wieder beginnen!

Lügen haben kurze Beine

Lustlos hackt Ved auf der Tastatur seines Computers herum. Ebony gesellt sich zu ihm und schaut ihm eine Weile bei der Arbeit zu. Sie hat sich vorgenommen, ein wenig mehr über die Computerprogramme in Erfahrung zu bringen, mit denen Ram und auch Ved so viel Zeit verbringen. Ratlos zieht Ebony die Stirn in Falten. „Was ist das, womit du da beschäftigt bist?"

Gelangweilt zuckt Ved die Achsel. Seit er sich mit Ram nicht mehr versteht, hat er die Lust an der Entwicklung dieser Software verloren. „Dies hier ist ziemlich aufwendig gewesen. Es hat Monate gedauert, das Programm fertig zu stellen. Aber zusammen mit Ram habe ich es geschafft. Soll ich dir zeigen, was damit alles möglich ist? Es ist wirklich unterhaltsam."

Ebony nickt eifrig. Jetzt ist sie wirklich neugierig geworden.

Ved drückt ein paar Tasten. „Damit kannst du alles manipulieren, wie du es nur willst. Schau dir das an." Auf dem Monitor seines Laptops erscheint das animierte Bild eines Strandes. Die

Wellen rollen sanft auf dem weißen Sand aus. Ebony kennt diesen Ort. Es ist eine Bucht ganz in der Nähe der Stadt.

Ved grinst schief. „Das hier ist eine optische Täuschung, eine Manipulation. Du nimmst einfach ein Bild von einem Ort und fügst ein anderes von einem, anderen hinzu. Die beiden Bilder werden zu einem, und schon hast du eine perfekte Illusion. Eigentlich ist es ganz einfach." Er deutet wieder auf den Monitor seines Laptops, auf dem nun eine andere Szene zu sehen ist. „Ram zusammen mit deiner Schwester am Strand. In Wirklichkeit sind die beiden niemals zusammen dort gewesen."

Ebony kann es nicht fassen. Sie ist tief beeindruckt. Niemals hat sie es für möglich gehalten, dass so etwas mit Hilfe von Technik möglich ist. Alles sieht absolut echt aus. Dann reißt sie überrascht die Augen auf. Auf dem Monitor ist jetzt sie selbst zu sehen. Zusammen mit Ram schlendert sie Hand in Hand am Strand entlang. Dann bleiben sie stehen und küssen sich. Ebony weiß nur zu gut, dass all dies niemals stattgefunden hat. Sie ist fasziniert. Nicht auszudenken, was mit Hilfe dieses Programmes alles möglich ist. Es ist brillant! In Ebonys Kopf beginnt etwas zu arbeiten, eine Erinnerung steigt in ihr auf, an die sie eigentlich niemals wieder hat denken wollen. Die Erkenntnis kommt schlagartig und lässt Ebony verwirrt nach

Luft schnappen: Die Bilder, die Ram ihr von Jay und Amber als Liebespaar gezeigt hat, auch sie sind nur künstlich gewesen. Tatsächlich hat Jay sie niemals mit Amber betrogen! Im ersten Moment fällt Ebony ein Stein vom Herzen, doch dann steigt kalte Wut in ihr auf. Nun wird Ebony einiges klar. Die Dinge fangen an, einen Sinn zu machen. Ram hat ihr diese Bilder absichtlich vorgespielt, um sie dazu zu bewegen ihn zu heiraten. Und sein Plan hat funktioniert – bis jetzt.

Mit ein paar hastigen Worten bedankt sich Ebony bei Ved für seine Erklärungen. Dann läuft sie so schnell sie kann auf ihr Zimmer und beginnt in ihrem Mülleimer herumzuwühlen. Sie findet was sie sucht: Die CD-ROM, die Ram ihr an jenem verwunschenen Tag in die Hand gedrückt hat. Nun kann Ebony nichts mehr aufhalten. Mit der CD-ROM in der Hand eilt sie zur Mall. Sie wird Jay alles erklären, sich bei ihm für ihren schrecklichen Fehler entschuldigen. Vielleicht kann er ihr noch einmal verzeihen und gibt ihnen beiden eine neue Chance.

Von all dem ahnt Ram nichts. Er ist noch immer sehr niedergeschlagen. Nur selten verlässt er sein Zimmer. Die meiste Zeit surft er im Cyberspace. Er sucht ein wenig Ablenkung, um sich aus seinen trüben Gedanken zu befreien. Trotzdem bleibt eine tiefe Traurigkeit, die ihn bedrückt. Ram beschließt, ein paar Zeilen in sein Cyber-Tagebuch zu schreiben.

Rams geheimes Tagebuch

Freitag, 17.11.

Woran liegt es nur? Ich tue alles, was Ebony von mir verlangt. Ich ziehe sie Java gegenüber vor, obwohl sich Java weit liebevoller um mich kümmert als Ebony. Trotzdem spüre ich es genau: Es ist mir nicht gelungen, Ebonys Herz für mich zu gewinnen. Das macht mich sehr traurig. Ebony ist die erste Frau, deren Liebe ich mir wirklich gewünscht habe. Bei Java und Siva ist das etwas ganz anderes. Es ist angenehm, die beiden um mich zu haben. Sie tun, was ich ihnen sage und dafür behandle ich sie gut. Ich fürchte, Ebony liebt Jay immer noch. Auch aus diesem Grund bin ich froh, dass Jay endlich weg ist. Wenn Ebony ihn nicht mehr jeden Tag sieht, vielleicht vergisst sie ihn dann allmählich und ich habe endlich eine Chance bei ihr. Das ist meine große Hoffnung.

Ram

Tatsächlich fühlt sich Ram bereits ein wenig besser. Er fährt mit seinem Rollstuhl in den zentralen Schaltraum, um sich wieder um seine Arbeit zu kümmern, denn er hat noch viel vor.

Nach langen Überlegungen hat Jay sich entschlossen, die Mall zu verlassen. Er kann nicht länger bei den Mall Rats bleiben, denn die Freunde wollen die Technos bekämpfen. Jay hält dies nicht für den richtigen Weg. Auch wenn er selbst nicht mehr zu den Technos gehört, glaubt er dennoch, dass die Städter viel von ihnen lernen können. Die Menschen haben den Technos Strom und fließendes Wasser zu verdanken, und die Arbeiten im Krankenhaus gehen auch gut voran. Eine friedliche Zusammenarbeit wäre eigentlich für alle das Beste, davon ist Jay überzeugt. Dennoch muss Ram unbedingt von den Städtern daran gehindert werden, seine abstrusen Cyberspace-Pläne zu verwirklichen. Jay bedankt sich bei den Mall Rats, weil sie ihn bei sich haben wohnen lassen. Doch nun ist es Zeit für ihn zu gehen. Er weiß selbst noch nicht wohin, aber irgendetwas wird sich schon finden.

In diesem Moment biegt Ebony um die Ecke. Sie ist ganz außer Atem, weil sie so schnell gelaufen ist. Als sie Jay sieht, bleibt sie stehen und blickt ihn traurig an. Tränen glitzern in ihren Augen. „Jay, ich habe einen schrecklichen Fehler gemacht. Es tut mir so Leid, was ich dir, was ich *uns* angetan habe. Bitte, kannst du mir noch einmal verzeihen? Ich will dir alles erklären."

Verwundert hebt Jay die Augenbrauen. Ebonys Erkenntnis kommt reichlich spät. Traurig schüttelt Jay den Kopf. „Es ist zu viel geschehen."

Entschlossen hält Ebony ihm die CD-ROM unter die Nase. Ihre Stimme zittert. „Ich bin auf eine gemeine Täuschung hereingefallen. Ram hat das alles eingefädelt. Er hat mich glauben lassen, dass du mich betrügst."

Nachdenklich betrachtet Jay die CD-ROM: Er beginnt zu ahnen, was geschehen ist. Zögernd willigt er ein, sich die Bilder darauf anzuschauen.

Überglücklich fällt Ebony ihm um den Hals. „Danke."

Als sie in der Mall gemeinsam vor dem Monitor des Computers sitzen und sich die Bilder auf der CD-ROM anschauen, ist Jay zunächst sprachlos. Er nimmt Ebonys Hand in seine und streichelt sie sanft. „Warum bist du nicht zu mir gekommen und hast mich zur Rede gestellt?"

Diese Frage hat Ebony erwartet. „Für mich hat dies eindeutig genug ausgesehen. Was gab es da noch zu fragen? Ich wollte nicht, dass du mich anlügst."

Liebevoll lächelt Jay sie an. Er weiß, wie stolz Ebony ist. Dies ist eine der vielen Eigenschaften, die er so sehr an ihr liebt. Jay beugt sich vor und gibt Ebony einen langen, leidenschaftlichen Kuss. Niemand wird sie beide jemals wieder trennen können.

Ebony lässt sich nicht täuschen

Wie jeden Tag geht Java mit Ram die bevorstehenden Termine für den Tag durch. Plötzlich sackt Ram in seinem Rollstuhl zusammen, sein Kopf fällt nach vorn und er rührt sich nicht mehr.

Java stößt einen entsetzten Schrei aus und beugt sich über ihn.

Nur mit Mühe gelingt es Ram, ein paar Worte hervorzustoßen. „Java, bitte, meine Medizin."

Hastig holt Java den Koffer mit seinen Medikamenten hervor. Darin befinden sich eine ganze Reihe verschiedener Flaschen. Java hat allerdings keine Ahnung, welche davon die richtige Arznei für Ram enthält und sie hat Angst, ihm die falsche zu verabreichen.

Inzwischen scheint Ram gar nicht mehr wahrzunehmen, was um ihn herum geschieht. Seine Augen sind geschlossen, er atmet flach. Java ruft zwei Wachen zu sich. Sie sollen ihr helfen, Ram aus seinem Rollstuhl zu heben und ihn ins Bett zu bringen. Vielleicht hilft es ihm wieder zu Kräften zu kommen, wenn er absolute Ruhe hat. Java befielt den beiden Technos, niemandem zu erzählen, wie schlecht es Ram geht. Außerdem sollen sie dafür sorgen, dass Ram ungestört bleibt. Wer auch immer ihn sprechen will, soll an Java weiterverwiesen werden. Sie wird sich um alles kümmern. Besonders Ebony darf Ram auf keinen Fall in diesem Zustand sehen. Sonst kommt sie womöglich noch auf die Idee, seine Schwäche auszunutzen.

Ram weiß nicht, wie lange er schon in seinem Bett liegt. Verwundert blickt er sich in seinem Zimmer um. Er kann sich nicht erinnern, was geschehen ist und wie er hierher gekommen ist. Das Schlagen einer Tür hat ihn aufgeweckt, aus einem leichten, unruhigen Schlaf. Ram fühlt sich schwach und sein Kopf schmerzt. Als er versucht, sich in seinem Bett ein wenig aufzurichten, wird ihm schwarz vor Augen. Ram bekommt Angst. Was ist, wenn er nicht mehr gesund wird? Nur eines kann ihm jetzt vielleicht helfen, seine Gefühle wieder unter Kontrolle zu bekommen. Vorsichtig streckt er die Hand nach seinem Laptop aus, der unmittelbar neben seinem Bett steht. Der Gedanke, ohne eines dieser Geräte zu sein, macht ihm beinahe noch mehr Angst als seine Krankheit.

Ram zieht den Laptop auf sein Bett. Zuerst noch etwas zögerlich – dann immer entschlossener – huschen seine Finger über die Tastatur.

Rams geheimes Tagebuch

Sonntag, 19.11.

Es ist ein grauenhaftes Gefühl, körperlich derartig anfällig zu sein. Eigentlich bin ich noch ein junger Mann, aber ich spüre, wie mich meine Kräfte zusehends verlassen. Dabei hasse ich es, auf die Hilfe anderer angewiesen zu sein. Trotzdem, so fürchte ich, muss ich mich an diesen Umstand gewöhnen, so schwer mir dies auch fällt. Ich mache mir große Sorgen, denn es gibt nicht viele Menschen, denen mein Wohlbefinden wirklich am Herzen liegt. Die meisten meiner Leute denken nur an ihren persönlichen Vorteil. Wie werden sie reagieren, wenn sie erkennen, wie schwach ich bin? Bestimmt wird der eine oder andere unter ihnen versuchen, mir meine Position als Anführer der Technos streitig zu machen. Ich werde auf der Hut sein, besonders vor Ved. Er kennt zu viele meiner Geheimnisse, und den Umgang mit den Softwareprogrammen beherrscht er beinahe ebenso gut wie ich selbst. Und was ist mit Ebony? Ich habe sie schon seit einer Weile nicht mehr gesehen. Was macht sie nur die ganze Zeit? Wird sie bei mir bleiben, wenn ich krank bin und zunehmend an Einfluss verliere? Ebony ist genauso süchtig nach Macht wie ich selbst. Ich kann es nicht ertragen, Ebony zu verlieren. Dafür liebe ich sie viel zu sehr. Sie braucht nur

in meiner Nähe zu sein und schon fühle ich mich besser, blicke wieder mit etwas mehr Optimismus in die Zukunft. Ich werde alles daransetzen, dass sie mich nicht allein lässt.
Ram

Das Schreiben hat Ram angestrengt. Er schafft es gerade noch, sein Cyber-Tagebuch zu schließen und den Laptop auf seinen alten Platz zu stellen. Dann sinkt er ermattet auf die Kissen.

Überglücklich macht sich Ebony auf den Weg zurück zum Hotel. Sie ist entschlossen, Ram wissen zu lassen, dass sie seinen hinterhältigen Trick durchschaut hat. Die Eheschließung muss natürlich für ungültig erklärt werden. In ihrem Herzen ist Ebony ohnehin niemals mit Ram verheiratet gewesen. Ebony ist nicht mehr bereit, ihre Liebe zu Jay noch länger zu verheimlichen. Ram wird sie zwar nicht gerne freigeben – zumal er bereits Siva verloren hat –, dennoch wird sie darauf bestehen. Notfalls ist sie sogar bereit, Ram zu drohen. Es wird die Städter sicherlich interessieren zu erfahren, was Ram mit ihren gescannten Abbildern im Cyberspace alles anstellen kann. Die Stimmung in der Stadt ist ohnehin schon aufgeladen genug. Die Straßen werden von Gangs beherrscht, die Angst und Schrecken verbreiten. Dee ist machtlos, denn sie kann natürlich nicht überall gleichzeitig sein. Und Lex geht die meiste Zeit seinen privaten Geschäften nach. Er hat gar kein Interesse daran, dass die Gangs aufgelöst werden.

Ebony hat das Hotel schon beinahe erreicht, als sie beobachtet, wie einige Technos Kartons voller Medizin in das Gebäude tragen. Überrascht bleibt Ebony stehen. Die Männer scheinen in großer Eile und ziemlich nervös zu sein. Besonders merkwürdig findet Ebony es, dass die Medikamente offenbar durch den Nebeneingang geliefert werden. Dahinter kann eigentlich nur Java stecken. Ebony beschließt, ihre Schwester zur Rede zu stellen.

Wie nicht anders zu erwarten, trifft Ebony sie im Vorraum zu Rams Zimmer an. Kaum ist Ebony eingetreten, springt Java auf und stellt sich ihr in den Weg. „Was willst du hier?“, faucht sie ihre Schwester an.

Ebony lächelt müde. Sie lässt sich von Java nicht einschüchtern. „Ich habe gesehen, dass Medikamente hierher gebracht worden sind. Was ist los? Ist Ram krank?“

„Das geht *dich* überhaupt nichts an!“ Javas Blick ist voller Verachtung.

„Ich bin seine Frau!“ Über so viel Dreistigkeit ist sogar Ebony empört. Drohend macht sie ein paar Schritte auf Java zu.

„Das bin ich auch!“ Unsanft schiebt Java ihre Schwester zurück zur Tür. „Mit einem Unterschied: Ich bin hier, um für sein Wohl zu sorgen, während du dich draußen in der Stadt herumtreibst. Ich tue alles, damit Ram sich wohlfühlt." Java holt kurz Luft. „Aber wenn du es ganz genau wissen willst: Ram braucht Ruhe, er hat sehr viel zu tun. Das ist alles! Also verschwinde von hier!"

Ebony kommt so nicht weiter, das sieht sie ein. Sie hat das sichere Gefühl, dass Java sie anlügt. Aber es macht keinen Sinn, sich mit ihr anzulegen. Ebony wird auch so herausfinden, was Java ihr zu verheimlichen versucht, davon ist sie überzeugt. Ebony dreht sich um und geht aus dem Zimmer. Sie wird sich etwas einfallen lassen, wie sie an Java vorbei zu Ram gelangen kann. Ewig kann Java ihn schließlich nicht von aller Welt abschotten.

Der Schein muss gewahrt werden

Noch ist nicht daran zu denken, dass Ram wieder aufstehen kann. Er hat immer wieder wache Momente, aber wenig später windet er sich in Fieberkrämpfen und scheint Schmerzen zu haben. Java weiß nicht mehr, was sie tun soll, denn Ram geht es anscheinend immer schlechter.

Im Hauptquartier der Technos verschweigt sie Rams Gesundheitszustand nach wie vor. So gut sie kann, vertritt sie Ram. Sie erteilt die täglichen Arbeitsanweisungen und verteilt Aufgaben. Allerdings kennt sich Java bei weitem nicht so gut mit Computern aus wie Ram. Sobald auf diesem Gebiet Fragen auftauchen, ist sie überfordert. Lange wird sie Rams Krankheit nicht mehr geheim halten können, so viel ist sicher.

Besonders Ved scheint zu ahnen, dass etwas nicht stimmt. Als Java ihm zum wiederholten Mal eine Frage nicht beantworten kann, verlangt er Ram persönlich zu sehen. Doch Java weigert sich. Durch Zufall bekommt Ebony den Streit zwischen Ved und ihrer Schwester mit. Neugierig kommt sie näher.

Java senkt den Blick und schweigt.

Ebony fasst ihre Schwester unsanft an die Schulter und schüttelt sie. Mit ihrer Geduld ist es nun endgültig vorbei. „Was ist mit Ram los? Seit Tagen hat ihn niemand gesehen. Ich habe ein Recht darauf zu erfahren, wie es ihm geht!"

Java befreit sich aus Ebonys Griff. Trotzig streckt sie das Kinn in die Höhe. Von ihr wird niemand etwas erfahren.

„Es wird höchste Zeit. Ram muss endlich wieder auf Sendung gehen. Die Menschen in der Stadt werden immer aggressiver. Sie verlangen nach etwas Unterhaltung, erst recht seit sie für die Spiele im Cyberspace bezahlen müssen." Empört funkelt Ebony ihre Schwester an. „Ram wird garantiert nicht freiwillig auf diesen großen Auftritt verzichten. Das kann ich mir nicht vorstellen."

Ebony hat Recht. Das weiß auch Java. Die Sendung ist wichtig. Ram muss über das Citynet wieder mit den Menschen reden. Sonst verlieren die Technos möglicherweise die Kontrolle über die Städter. Noch bekämpfen sie sich nur untereinander. Nicht auszudenken, was geschieht, wenn sie auf die Idee kommen, die Technos anzugreifen. Und dann ist Ram nicht da, um Befehle zu erteilen. Ein schrecklicher Gedanke!

Ram weiß, dass Java in seiner Nähe über ihn wacht. Allerdings ist ihm dies manchmal gar nicht so recht. Ram nutzt einen Moment ihrer Abwesenheit, um wieder in sein Cyber-Tagebuch zu schreiben. Seit Ram sein Zimmer nicht mehr verlassen kann, ist sein Tagebuch für ihn noch wichtiger geworden. Es ist die einzige Möglichkeit, seine Ängste und Sorgen zum Ausdruck zu bringen. Bei allen Menschen, die ihn umgeben, hat Ram das Gefühl, stark sein zu müssen. Niemand soll ahnen, dass auch er eine verletzbare und empfindsame Seele hat.

Rams geheimes Tagebuch

Mittwoch, 22.11.

Ich hasse meinen Körper. Er ist so hinfällig. Kein Wunder, dass ich keine Frau finde, die mich wirklich liebt. Bisher habe ich dieses Gefühl selbst nie empfunden, bis Ebony in mein Leben getreten ist. Ich hoffe, es wird mir bald wieder besser gehen, denn ich will sie sehen. Im Moment tut Java alles, um dies zu verhindern. Sie ist ziemlich eifersüchtig auf ihre Schwester. Nun ja, sie hat auch Grund dazu. Hoffentlich muss ich nicht sterben, denn ich habe noch so viel vor. Aber, selbst wenn dies mein Schicksal ist, dann habe ich einen Wunsch, bevor ich meine Augen für immer schließe: Ich möchte Ebony noch einmal küssen, so wie ich es bei unserer Hochzeit getan habe.

Ram

Verträumt lächelt Ram vor sich hin. Er schließt die Augen und hofft, diesmal von Ebony zu träumen. Das wird seine beste Medizin sein.

Die Stimmung im Hauptquartier wird immer angespannter. Es kursieren die unterschiedlichsten Vermutungen darüber, was mit Ram geschehen ist. Eines dieser Gerüchte besagt sogar, Ram sei bereits tot. Java ist geschockt, als sie das hört. Sie muss etwas unternehmen und zwar schnell.

In ihrer Verzweiflung erinnert sich Java an Rams geheimes Tagebuch, das sie vor einiger Zeit entdeckt hat. Seither hat sie noch nicht wieder darin gelesen, jetzt jedoch wird sie es tun. Vielleicht findet sie in diesen Zeilen einen Hinweis darauf, welches Medikament das Richtige für Ram ist. Zugegebenermaßen ist die Wahrscheinlichkeit nicht sehr groß, dass sie einen nützlichen Tipp findet, trotzdem wird sie es versuchen. Mit eine paar schnellen Mausklicks ist Java im Cyberspace und es dauert nicht lange, dann hat sie Rams Cyber-Tagebuch gefunden. Auch das Codewort – Ebony – hat sie sich gemerkt, denn schon damals hat sie sich darüber geärgert. Java versteht ohnehin nicht, was Ram an ihrer Schwester findet. Sie öffnet das Tagebuch und liest. Schon nach wenigen Zeilen treten ihr Tränen in die Augen. Ram schwärmt in einer Art von Ebony, die Java beinahe das Herz bricht. Bisher hat sie angenommen, bei seinen Gefühlen für Ebony handle es sich nur um eine Schwärmerei, eine Verliebtheit, die bald wieder vergeht. Aber was dort geschrieben steht, ist eindeutig: Ram liebt Ebony wirklich. Java erträgt es nicht, weiterzulesen, denn sie empfindet viel mehr für Ram, als dieser ahnt. Eilig schließt sie das Tagebuch wieder. Bisher ist sie eifersüchtig auf ihre Schwester gewesen, doch nun ist in ihrem Herzen nur noch blanker Hass. Java wird alles tun, was in ihrer Macht steht, um Ebony aus ihrem und Rams Leben wieder zu vertreiben.

Java muss sich eingestehen, dass sie die Situation alleine nicht mehr in den Griff bekommt. Schweren Herzens entschließt sie sich, Ved einzuweihen. Er muss ihr helfen, den Schein zu wahren. Ved kennt sich in den Softwareprogrammen und ihrer Installation beinahe ebenso gut aus wie Ram selbst. Java ruft Ved zu sich und führt ihn zu Ram.

Ved ist entsetzt. Ram regt sich nicht, offenbar ist er besinnungslos. Seine Atmung ist schwach und sein Puls ist kaum noch zu messen. Rams Zustand hat sich in den letzten Stunden noch einmal deutlich verschlechtert.

Java gerät in Panik. Sie greift nach zwei der Flaschen mit den Tabletten, die Ram sonst immer einnimmt. Zwar weiß sie noch immer nicht, welches das richtige Medikament ist, doch sie ist entschlossen, Ram eines davon zu geben. Das Risiko ist groß, dass sie sich für die falschen Tabletten entscheidet, aber Java muss es eingehen, denn nur so gibt es überhaupt noch eine Chance, Rams Leben zu retten. Java öffnet eine der Flaschen, holt zwei Tabletten daraus hervor und will sie Ram auf die Zunge legen, damit er sie schluckt.

Doch Ved schlägt Java mit einer schnellen Bewegung die Flasche und die Tabletten aus der Hand.

„Was soll das?“, kreischt Java aufgebracht. „Wir haben keine andere Wahl!“

Langsam schüttelt Ved den Kopf. „Warte. Ich werde mit ihm in den Cyberspace gehen. Ich bin nicht sicher, ob es funktioniert, aber einen Versuch ist es allemal wert. Wenn Ram in der virtuellen Welt ist, wird sein Gehirn angeregt.“

Ungläubig starrt Java ihn an. „Bist du jetzt vollkommen verrückt geworden?“ Beim besten Willen kann sich Java nicht vorstellen, was der vollkommen geschwächte Ram im Cyberspace soll. Von ihren eigenen Ausflügen in die virtuelle Welt weiß sie, wie anstrengend dies sein kann. „Nur seine Tabletten können ihm helfen!“ Java beharrt darauf.

„Ich weiß, deshalb werde ich Ram fragen, welche die Richtigen sind.“ Sein Plan mag sich verrückt anhören, aber Ved weiß, was in der virtuellen Welt alles möglich ist.

Doch zuvor wird Ved dafür sorgen, dass die Gerüchte über Rams Gesundheitszustand verstummen. Auch dabei wird er sich des Cyberspace bedienen. Mit ein paar schnellen Handgriffen sucht Ved in der Datenbank des Zentralrechners nach einem virtuellen Abbild Rams, das über das Citynet auf Sendung gehen soll. Doch das ist noch nicht alles: Der virtuelle Ram wird auch zu den Städtern sprechen, allerdings ist es in Wahrheit Ved, der die Worte spricht. Mit Hilfe eines technischen Tricks klingt Veds Stimme bei der Übertragung exakt wie die von Ram. „Meine lieben Freunde! Um zu garantieren, dass unser aller Zukunft glücklich und friedlich wird, muss ich mich im Moment leider hundertprozentig auf eine neue Show konzentrieren, mit der ich euch erfreuen will. Ich danke euch schon jetzt für euer Verständnis und eure Geduld. Eine Phase harter Arbeit liegt vor mir. Während dieser Zeit habe ich meine Ehefrau Java und meinen technischen Direktor Ved damit beauftragt, an meiner Stelle die Befehle zu erteilen. Ich bitte euch, ihnen genauso viel Respekt entgegenzubringen wie mir. Zu meinem Ärger gibt es mir Böses wollende Elemente in der Stadt, die versuchen, die gegenwärtige Situation auszunutzen, indem sie Gerüchte streuen. Wenn ihr solchen Menschen begegnet, geht sofort gegen sie vor. Nichts und niemand hat das Recht, sich dem Fortschritt in den Weg zu stellen. Unser Ziel ist ein besseres Lebens für alle. Danke!“ Ved lässt das virtuelle Abbild Rams noch einmal in die Kamera grinsen, dann ist die Übertragung beendet.

Die Angst sitzt tief

Auch Ebony hat die Sendung zusammen mit Jay verfolgt. Sie ist gerade in der Mall gewesen, um mit ihm über Ram zu sprechen.

Kaum ist die Übertragung beendet und Rams Bild wieder von dem Monitor vor ihnen verschwunden, schüttelt Ebony entschieden den Kopf. „Das ist eine Bildmanipulation gewesen, so wie die, auf die ich bei dir hereingefallen bin." Ebony ergreift Jays Hand und drückt sie zärtlich. „Noch einmal lasse ich mich nicht mit dem selben Trick täuschen!" Ebony gibt Jay einen Kuss und steht auf. So schnell wie möglich muss sie ins Hauptquartier zurückkehren, denn niemand wird Ebony so einfach hinters Licht führen. Sie ist entschlossen, herauszufinden, was mit Ram wirklich los ist und auch, wer für diese optische Illusion verantwortlich ist, die gerade über die Monitore aller Städter geflackert ist.

In letzter Zeit bemerkt Salene immer öfter, wie sehr ihr die Aufgabe als Anführerin der Städter über den Kopf wächst. Nicht nur, dass die Menschen außerhalb der Mall immer aggressiver werden, auch in der Mall ist dies nicht anders. Besonders Pride verliert bei jeder Kleinigkeit die Beherrschung. Salene macht sich große Sorgen um ihn. Seit Pride das erste Mal im Cyberspace gewesen ist, hat er sich verändert. Er ist einfach nicht mehr der Alte. Früher hat Pride sich für friedliche Lösungen eingesetzt, Technik und alles Künstliche sind ihm ein Graus gewesen. Jetzt schleicht er ständig um den Computer in der Mall herum. Außerdem verschwindet er oft stundenlang und niemand weiß, wo er ist. Pride vernachlässigt seine Pflichten in der Mall. Und wenn er da ist, fängt er bei jeder Gelegenheit an zu streiten.

So kann das nicht weitergehen, Salene weiß das. Doch wenn sie ihn fragt, was mit ihm los ist, bekommt sie keine Antwort. Salene ist ratlos.

Siva sieht, wie sehr Salene unter Prides Verhalten leidet und bittet Lex, Salene endlich über das volle Ausmaß von Prides Spielsucht aufzuklären. Offenbar glaubt Salene, dass Pride sein Spielverhalten unter Kontrolle hat und nur gelegentlich in den Cyberspace geht.

Seit Pride ihm die Spielcodierungen abgenommen hat, weiß Lex, wie es um Pride wirklich steht. Doch bisher hat er seinen Mund gehalten, denn Lex will sich nicht in die Angelegenheiten anderer einmischen. Außerdem möchte Lex vor den anderen verbergen, dass er noch immer ein paar nicht ganz korrekten Geschäften nachgeht, wenn er in der Stadt unterwegs ist.

Schließlich ist es Salene selbst, die entdeckt, wie süchtig Pride nach den Computerspielen im Cyberspace wirklich ist. Als sie Pride darauf anspricht, streitet er zunächst alles ab, dann jedoch sieht er ein, dass alles Leugnen nichts nützt. Weinend bricht Pride zusammen. Er schämt sich, weil er es einfach nicht schafft, dem Drang nach immer neuen Computerspielen zu widerstehen.

Salene ist entsetzt. Sie hatte keine Ahnung, wie abhängig Pride ist, dennoch wird sie ihn nicht im Stich lassen.

Java und Ved bereiten alles dafür vor, dass Ram von seinem Bett aus Zugang zum Cyberspace hat. Ved schiebt ihm vorsichtig die schwarze Maske mit den vielen empfindlichen Sensoren übers Gesicht. Sie wird ihm den Zugang zur virtuellen Welt ermöglichen. Die Maske ist an ein kompliziertes Computerprogramm und an einen Laptop angeschlossen. Java überprüft, ob alle Impulse korrekt auf den Monitor ihres Computers übertragen werden.

Als alles einsatzbereit ist, setzt auch Ved sich eine solche Maske auf. Nun kann die Reise losgehen! Vor den Augen von Ram und Ved erscheinen die wunderbarsten Bilder. Sie alle sind Illusionen, eine verlockender als die andere.

Java bemerkt erleichtert, dass Rams Gehirntätigkeit tatsächlich etwas zunimmt. Er scheint sich zu konzentrieren, vielleicht kommt er sogar zu sich. Endlich schöpft Java wieder Hoffnung. Ved und sie scheinen auf dem richtigen Weg zu sein.

Über ihr Headset gibt Java Ved den Auftrag, weiterzumachen. Immer neue Bilder flackern über den Monitor und ziehen Ved und Ram in ihren Bann.

Plötzlich findet sich Ved in der virtuellen Welt vor einer Bretterwand wieder. Er stutzt. Doch dann beginnt Ved zu ahnen, dass er Ram ganz nah sein wird, wenn er eine Möglichkeit findet, hinter diese Wand zu gelangen. Vielleicht kommt er Ram sogar so nah wie noch niemals zuvor.

Tatsächlich entdeckt Ved eine Öffnung in der Wand, durch die er klettern kann. Bestimmt hat Ram ihn diese Öffnung finden lassen, damit er zu ihm gelangt.

Zunächst findet sich Ved in einem idyllischen Garten wieder. Die Sonne scheint, alles ist friedlich und still. Suchend blickt sich Ved um. Hier irgendwo muss Ram sein. Tatsächlich entdeckt er ihn. Ram sitzt auf einer Schaukel, sieht um Jahre verjüngt aus. Dies scheint ein Bild aus der Zeit vor seinem Unfall zu sein, denn Ram braucht noch keinen Rollstuhl. Ram scheint nicht überrascht, Ved zu sehen. Er lächelt ihn freundlich an.

Plötzlich weiß Ved, wo er ist. Er steht in dem Garten, der zu Rams Elternhaus gehört. Hier hat sich Rams Jugend abgespielt, hier ist er glücklich gewesen. Wahrscheinlich ist dieses Haus der einzige Ort, an dem sich Ram bisher geborgen gefühlt hat. Es ist ein Bild aus der Zeit, bevor Rams Leben aus den Fugen geriet, bevor seine Eltern ums Leben kamen und er selbst den schrecklichen Unfall hatte. Es ist die Zeit vor dem Virus. Hierher sehnt sich der kranke, geschwächte Ram zurück. Es sind diese Bilder seiner Kindheit, die Ram lange vor seiner Krankheit in den Zentralcomputer im Hauptquartier der Technos eingegeben hat.

In der virtuellen Welt geht Ved lächelnd auf Ram zu. „Schön ist es hier."

Ram nickt langsam. „Hier bin ich zu Hause. Und bald werde ich nicht mehr alleine sein, dann sind alle meine Freunde bei mir."

Ved ist irritiert. Er versteht nicht, was Ram damit meint. „Von wem sprichst du?"

„Von Ebony, Java und dir, Ved." Ram lacht vergnügt, sein Blick ist in die Ferne gerichtet. „Hier werden wir alle zusammen leben, bis in alle Ewigkeit."

Eine plötzliche Angst überkommt Ved. Er will nicht für immer in der virtuellen Welt bleiben. Entschlossen fasst er Ram an die Schulter und schüttelt ihn. „Ram, wir brauchen dich lebend, damit alle Programme, die dies hier ermöglichen, weiterexistieren. Ohne dich bricht alles zusammen!

Willst du das?“ Ved überlegt einen Augenblick, dann wagt er die entscheidende Frage. „Ram, welche Medizin ist es, die du brauchst? Bitte, sag es mir!“

Doch Ram schüttelt nur den Kopf. „Ich möchte hier bleiben. Dies ist die Welt, die ich mir selbst erschaffen habe. Mein Paradies, das ich nicht mehr verlassen will.“ Plötzlich verändert sich Rams Gesichtsausdruck. Er wird hart und entschlossen, alles Träumerische ist daraus verschwunden. Ved hat Recht. Wenn sich niemand um die Computerprogramme kümmert und die Software auf den neuesten Stand bringt, dann ist dieses Paradies bedroht. Ram sieht ein, dass es noch zu früh ist. Er kann noch nicht in seinem Paradies bleiben. Zuvor muss Ram seine Arbeit in der realen Welt beenden, damit nicht alles, was er bisher geleistet hat, umsonst gewesen ist. Ram will seinen Traum verwirklichen, also muss er in die raue Realität zurückkehren. Es kostet Ram enorme Überwindung und sehr viel Willensstärke. Er beginnt, Schritt für Schritt in das Leben zurückzukehren.

Java starrt wie gebannt auf den Monitor des Computers, auf dem sie Rams Werte überwacht. Sein Atem geht regelmäßig, sein Gehirn arbeitet wieder normal und auch das Fieber ist zurückgegangen. Ram scheint über den Berg zu sein.

Allerdings bleibt Java nicht viel Zeit, diesen Umstand zu genießen, denn sie wird gestört.

Ebony hat beschlossen, sich nicht länger von Java hinhalten zu lassen. Sie sucht Unterstützung bei ihren alten Freunden. Zusammen mit den Mall Rats und Jay will sie das Hauptquartier der Technos stürmen. Ebony hofft, Java so zwingen zu können, sie endlich zu Ram vorzulassen.

Allerdings stößt Ebonys Plan auf Widerspruch von unerwarteter Seite. Jay will alleine zum Hauptquartier gehen. Da er nicht mehr zu den Technos gehört, ist davon auszugehen, dass er festgenommen wird. Wenn die Wachen ihn dann in das Hauptquartier hineinbringen, wird er versuchen, Java aufzuspüren und zur Rede zu stellen. Auf diese Weise ist Jay der Einzige, der sein Leben riskiert. Wenn ihm etwas zustoßen sollte, wird Ebony die Sache an seiner Stelle weiterführen.

Ebony ist ganz blass geworden. Das kann sie nicht zulassen! Wenn Jay die anderen aus dem Spiel lassen möchte, dann ist Ebony dies recht. Sie jedoch wird ihn auf jeden Fall begleiten. Nach so vielen Problemen haben Jay und sie zusammengefunden. Ebony kann den Gedanken nicht ertragen, ihn jetzt vielleicht schon wieder zu verlieren. Ein Leben ohne Jay ist für Ebony längst unvorstellbar geworden.

Jay ist tief bewegt von diesem Liebesbeweis Ebonys, dennoch bleibt er bei seinem Entschluss. Er wird alleine ins Hauptquartier der Technos gehen.

Alles läuft wie geplant: Jay wird von den Wachen der Technos abgeführt. Allerdings behandeln sie Jay nicht mit der gewohnten Härte, denn noch immer hat Jay bei den Technos einige Freunde. Als ehemaliger Sicherheitschef genießt er noch immer ihren Respekt.

Jay wird in den zentralen Hauptschaltraum geführt. Dort wollen die Technos entscheiden, was weiter mit ihm geschehen soll. Jay wartet, bis alle um ihn versammelt sind, dann macht er sich los. „Hört mir zu, was ich euch zu sagen habe. Ram ist tot! Ihr seid auf ein virtuelles Abbild von ihm hereingefallen, das Ved hergestellt hat. Und ihr seit von Java getäuscht worden."

Die Technos sind verunsichert. Auch sie haben die Gerüchte gehört. Javas ständige Ausflüchte sind verdächtig gewesen. Verwirrt blicken sich die Wachen an. Vielleicht sollten sie Java wirklich zur Rede stellen, auch wenn diese außer sich vor Zorn sein wird.

Von dem Tumult vor ihrer Tür ist Java aufgeschreckt worden. Sie muss Ved und Ram bei dem Experiment in der virtuellen Welt allein lassen. Nur ungern unterbricht sie die Kontrolle von Rams Werten, denn offenbar steht ein entscheidender Durchbruch unmittelbar bevor. Aufgebracht stürmt Java nach draußen, um zu sehen, was los ist.

Mit funkelnden Augen blickt sie Jay an, der sie spöttisch mustert. Er hat keine Angst vor ihr.

„Bleib genau da stehen, wo du jetzt bist! Keinen Schritt weiter!" Java gibt den Wachen ein Zeichen. „Nehmt ihn gefangen!" Schon richten sich alle Zapper – Spezialwaffen der Technos, die sie am Handgelenk tragen – auf Jay.

Doch so leicht lässt Jay sich nicht einschüchtern. „Vergiss es, Java. Du kannst uns nicht länger täuschen! Was ist los mit Ram?"

Plötzlich wird Java nervös. Sie spürt, wie groß das Misstrauen ist, das ihr von allen Seiten entgegenschlägt. Trotzig reckt sie das Kinn in die Höhe. Ihr bleibt nichts anderes übrig als zu lügen. Angriff ist jetzt die beste Verteidigung. „Ram geht es gut. Besser als jemals zuvor!" Dann wendet sie sich direkt an die Technos. „Seht ihr nicht, dass dies nur ein Trick von Jay ist? Er ist gekommen, um hier die Kontrolle zu übernehmen."

„Ja, du hast Recht, das ist mein Ziel." Jay lacht bitter und blickt die Wachen, die ihn noch immer umringen, vorwurfsvoll an. „Die Technos sollen endlich wieder ihre Mühe darauf verwenden, dass es den Menschen besser geht. Aber hier dreht sich alles nur noch darum, Rams kranke Fantasien in die Tat umzusetzen. So geht es nicht weiter!"

In diesem Moment ertönt ein quietschendes Geräusch. Es ist Ram, der mit seinem Rollstuhl um die Ecke biegt. Er ist blass und wirkt stark angeschlagen, aber er lebt! Rams Augen funkeln zornig. Der ausgestreckte Zeigefinger, mit dem er auf seinen ehemaligen Sicherheitsschef deutet, scheint Jay förmlich durchbohren zu wollen. „Nehmt ihn gefangen!"

Java und Jay starren Ram ungläubig an. Java stößt ein schrilles überreiztes Lachen aus, während Jay vollkommen sprachlos ist. Sein Mund klappt auf und – ohne einen Ton von sich zu geben – wieder zu. Damit hat er nicht gerechnet, offenbar hat er Java Unrecht getan.

Rams hinterlistiger Plan

Die Wachen nehmen Jay gefangen. Doch bevor Jay abgeführt wird, stellt Ram ihm eine Frage, die keinen Aufschub duldet. „Für wen hast du das getan? Wer hat dich damit beauftragt, Java zu bedrohen und solche Lügen über mich zu verbreiten?" Rams Stimme ist zu einem Brüllen angeschwollen. Schweißperlen glitzern auf seiner Stirn. Dieser Ausbruch hat Ram viel Kraft gekostet.

Spöttisch hebt Jay die Augenbrauen. „Du solltest dich nicht so aufregen, du siehst schlecht aus. Ich fürchte, so viel Aufregung bekommt dir nicht."

Ram ballt seine Hände zu Fäusten. Am liebsten würde er sich jetzt auf Jay stürzen und ihm einen Kinnhaken verpassen. Ram hasst sich selbst dafür, dass er dazu nicht in der Lage ist. Nach außen hin bleibt er jedoch vollkommen ruhig. „Wie ich sehe, Jay, willst du mir nicht antworten. Nun, ich kann dich zwingen, mir Stück für Stück alles zu offenbaren, was in den hintersten Windungen deines Gehirns verborgen ist. Du kannst mir gar nichts verheimlichen. Und jetzt: Geh mir aus den

Augen!“ Ram gibt den Wachen ein Zeichen, damit sie Jay in seine Gefängniszelle bringen.

Als Ram endlich wieder mit Java alleine ist, sinkt sein Kopf auf die Brust und er schließt die Augen. Der Streit mit Jay hat ihn angestrengt. Lange sitzt Ram reglos da und sagt kein Wort. Java glaubt schon, er sei eingeschlafen, als er ruckartig den Kopf hebt und sie durchdringend anstarrt. „Java, was weißt du über diese Sache?“

„Ich?“ Java fühlt sich vor den Kopf gestoßen. Wie kommt Ram auf die Idee, sie wolle ihm etwas Böses? Schließlich hat sie alles getan, was in ihrer Macht liegt, um Ram vor dem sicher scheinenden Tod zu bewahren. Java schluckt und bemüht sich um einen gelassenen Tonfall, dennoch zittert ihre Stimme, als sie zu sprechen beginnt. „Alles, was ich weiß, ist, dass ich dich sehr, sehr liebe!“

Ram scheint nicht zu bemerken, wie aufgewühlt Java ist. „Wer steckt dann dahinter?“

Java zögert keinen Augenblick. Für sie gibt es nur eine einzige Person, die dafür in Frage kommt. „Ebony! Sie *muss* es gewesen sein! Wer sonst ist zu so etwas fähig, Ram? Glaube mir, ich kenne sie.“

Ram dämmert die Erkenntnis, dass Java mit ihrer Anschuldigung Recht haben kann. Traurig schüttelt er den Kopf. Java ist bei ihm gewesen, als er ihre Hilfe gebraucht hat. Aber was hat Ebony in dieser Zeit gemacht? Der Gedanke, sie könne gegen ihn arbeiten, verursacht bei Ram Übelkeit. Er beschließt, sich auf sein Zimmer zurückzuziehen. Die Strapazen der letzten Tage, die Krankheit und nun dieser Zwischenfall im Hauptquartier, das ist alles zu viel für ihn.

Ram ist von den Ereignissen noch sehr aufgewühlt und findet einfach keine rechte Ruhe. Deshalb beschließt er, noch ein paar Zeilen in sein Cyber-Tagebuch zu schreiben.

Rams geheimes Tagebuch

Samstag, 02.12.

Wenn ich in mich hineinhorche und mir die Frage stelle, wie ich mich fühle, dann kann ich nur sagen: unendlich traurig. Ich bin so enttäuscht von Ebony. Ist sie wirklich die Drahtzieherin hinter Jays feiger Tat? Im Moment weiß ich überhaupt nicht mehr, was ich denken soll. Meine süße, starke Ebony! Ich vermisse sie, wenn sie nicht bei mir ist, trotz allem! Auch jetzt ist sie der einzige Mensch, den ich gerne um mich haben will. Ohne sie erscheint mir die Welt kalt, meine Arbeit beinahe sinnlos. Trotzdem werde ich sie auf die Probe stellen müssen, allein schon wegen Java. Java wird mir nicht verzeihen, wenn ich nicht wenigstens so tue, als verdächtige ich Ebony. Java ist immer so schnell und so erbarmungslos in ihren Urteilen. Für mich wird es jetzt jedenfalls Zeit, ein wenig zu schlafen. Hoffentlich

träume ich von meinem Ausflug in das Paradies, der leider nicht so lange angedauert hat, wie ich es mir erhofft habe. Mein größter Wunsch ist es, für immer in dieser wunderbaren virtuellen Wirklichkeit zu bleiben. Dort ist alles viel schöner als hier. Ja, hoffentlich träume ich von dem Ort, der mein wahres Zuhause ist.
Ram

Müde schließt Ram sein Cyber-Tagebuch und schiebt den Laptop zur Seite. Wenig später ist er eingeschlafen und ein seliges Lächeln liegt auf seinem Gesicht. Ram ist da, wo er sein möchte: in seinem Paradies.

Java nutzt die Zeit, in der sich Ram erholt, um Jay einen Besuch in seiner Zelle abzustatten. Sie hat eine Waffe dabei, um ihn in Schach zu halten. Jay ist zuzutrauen, dass er versucht, sie zu überwältigen und zu fliehen. Java hat sich vorgenommen, ihn hart anzugehen, denn mit Jay hat sie noch eine Rechnung offen. Nicht, weil er sich von Ram losgesagt und die Technos verraten hat, hasst Java ihn so sehr. Der wahre Grund für Javas Groll ist, dass Jay sich für Ebony und nicht für sie entschieden hat. Schon immer ist es Ebony gelungen, die Männer für sich einzunehmen. Und sie, Java, hat das Nachsehen gehabt. Das ist bis heute so geblieben. Aber Jay ist für Java nicht *irgendein* Mann, an ihm hat ihr wirklich etwas gelegen. Ein paar Mal hat sie sogar ganz offen versucht, ihn zu verführen, aber Jay ist nie darauf eingegangen. Das wird Java ihm nun heimzahlen. Sie hat nicht die Absicht, nachsichtig mit Jay zu sein. Ganz im Gegenteil: Java wird sich bei Ram dafür einsetzen, dass Jay hart bestraft wird. Er soll richtig leiden, so wie Java unter seiner Gleichgültigkeit gelitten hat.

Als Jay nicht in die Mall zurückkehrt, macht sich Ebony große Sorgen. Sie hält es nicht länger in der Mall aus. Ebony beschließt, in das Hauptquartier der Technos zurückzukehren, auch wenn sie vielleicht selbst von Rams Wachen festgenommen wird. Sie möchte in Erfahrung bringen, was mit Jay geschehen ist. Schließlich hat sie sich verdächtig gemacht, weil sie sich seit Tagen nicht mehr im Hauptquartier hat blicken lassen. Doch dieses Risiko geht Ebony für Jay gerne ein.

Tatsächlich wird Ebony von den Wachen bereits erwartet. Die Männer bringen sie zu Java, die kein einziges Wort mit ihrer Schwester wechselt und Ebony nicht einmal eine Sekunde aus den Augen lässt.

Als Ram mit seinem Rollstuhl in den kleinen Raum gefahren kommt, reißt Ebony erstaunt die Augen auf, tut aber ganz so, als freue sie sich, ihn gesund und munter vor sich zu sehen. „Ram, dir geht es gut! Das ist ja wunderbar!"

Ram scheint gar nicht hinzuhören, was sie sagt. „Wo bist du gewesen?" Seine Augen sind starr auf sie gerichtet. Nicht die Spur eines Lächelns liegt auf seinem Gesicht.

Ein wenig nervös tritt Ebony von einem Fuß auf den anderen. „Ich war in der Stadt. Die Unruhen nehmen zu. Viele Menschen wollen sich nicht scannen lassen." Ebony atmet erleichtert auf, da ihr diese Ausrede gerade noch rechtzeitig eingefallen ist. „Deshalb bin ich selbst nach draußen gegangen, um die Städter davon zu überzeugen, dass dies alles nur zu ihrem Besten geschieht. War das falsch?" Ebony zuckt hilflos die Schulter und blickt Ram mit einem unschuldigen Augenaufschlag an. Bisher hat Ebony eigentlich gedacht, die Rolle des Unschuldslamms liege ihr nicht, aber Ram scheint ihr jedes Wort abzunehmen. Deshalb täuscht sie weiter ihr Mitgefühl vor. „Ich habe mir solche Sorgen um dich gemacht. Ich habe befürchtet, du musst sterben!"

Java, die sich bisher vollkommen im Hintergrund gehalten hat, verdreht genervt die Augen. Was Ebony da abliefert, ist wirklich eine perfekte Vorstellung ihrer Fähigkeit, Lügen zu erzählen. Doch Java muss Ram nur anschauen, um zu wissen, dass er ihr glaubt.

Wohlwollend ruht Rams Blick auf Ebony. „Es ist

in Ordnung. Hast du gehört, dass Jay festgenommen worden ist?" Ram fährt sich mit der Zunge über die Lippen und kneift die Augen zusammen. „Jay ist von irgendjemandem angestiftet worden. Da bin ich mir sicher. Ich will Namen, Ebony. Du wirst die Befragung leiten. Tu, was immer du für richtig hältst."

„Was?" Entsetzt schlägt Java die Hände vor den Mund. Rams Gutgläubigkeit macht sie fassungslos.

Verärgert über Javas Gefühlsausbruch zieht Ram die Stirn in Falten. Javas Eifersucht geht ihm zunehmend auf die Nerven. Dieses Gespräch hat ihn mehr mitgenommen, als er erwartet hat. Ram will jetzt alleine sein, er braucht etwas Ruhe.

Wenige Stunden später beginnt Ebony mit den Verhören. Jay soll – laut Rams Anweisung – ein wenig Zeit haben, über seine Fehler nachzudenken und sich seine Strafe auszumalen. Ram hofft, dass diese Wartezeit Jays Widerstand bricht.

Als Ebony seine Zelle betritt, huscht ein freudiges Strahlen über Jays Gesicht. Einem ersten Impuls folgend will er aufspringen und sie in die Arme nehmen. Dann jedoch beherrscht er sich, denn direkt über ihnen ist eine Überwachungskamera angebracht. Ram wird es sich, bei allem Vertrauen, das er Ebony offenbar noch immer entgegenbringt, nicht nehmen lassen sie zu kontrollieren.

Auch Ebony fällt es schwer, ihre Gefühle für Jay zu verbergen. Sie ist überglücklich, dass ihm nichts geschehen ist. Um Ram nicht misstrauisch zu machen, fährt sie Jay in barschem Ton an. „Wer hat dir den Auftrag erteilt, in das Hauptquartier einzudringen und Java und Ram zu bedrohen? Los, sprich!" Mit in die Seiten gestemmten Armen umkreist sie Jay, der schuldbewusst den Kopf zu senken scheint. In Wahrheit will er nur verhindern, dass Ram den Ausdruck seiner Augen bemerkt, denn spätestens dann wird Ram klar sein, dass Jay Ebony liebt. Ebony bleibt mit dem Rücken zur Kamera stehen. So kann Ram nicht sehen, wie sie die Lippen zu einem Kuss formt. Ebony stellt Jay noch ein paar weitere Fragen, die sie so unverfänglich wie möglich formuliert.

Ram beobachtet jede von Ebonys Bewegungen genau, lauscht auf jedes Wort, das sie sagt. Ebony macht ihre Sache wirklich sehr gut. Ram ist zufrieden mit ihr, nicht jedoch mit Java, die unmittelbar neben ihm steht. Java hat darauf bestanden, das Verhör mitverfolgen zu können. Der Triumph, der in Rams Stimme mitschwingt, ist nicht zu überhören. „Schau, Java, ich habe gewusst, dass Ebony mich niemals betrügen oder hintergehen kann. Dein Misstrauen ihr gegenüber ist vollkommen unbegründet. Ich sage dir dies noch in Freundschaft, aber ich warne dich: Wage es nicht noch einmal, ein Wort gegen Ebony zu sagen."

Verbittert presst Java die Lippen aufeinander. Liebe scheint wirklich blind zu machen. Egal, was Ebony tut oder lässt, Ram findet es wunderbar. Java ist nicht gewillt, sich diese Farce noch länger anzuschauen. Beleidigt verlässt sie den Raum.

Ram ist froh, als Java gegangen ist. So hat er wenigstens die Gelegenheit, wieder etwas in sein Cyber-Tagebuch zu schreiben. Und da gibt es etwas, das ihm wirklich sehr am Herzen liegt.

Rams geheimes Tagebuch

Sonntag, 03.12.

Als ich Ebony bei dem Verhör von Jay beobachtet habe, ist mir ein Stein vom Herzen gefallen. Java hat es tatsächlich geschafft, mich an Ebony zweifeln zu lassen. Aber eigentlich muss ich diese Vorwürfe mir selbst machen. Ich habe es zugelassen, dass Java dieses Misstrauen in meinem Herzen gesät hat. Dies war ein großer Fehler von mir, denn Liebe bedeutet schließlich Vertrauen. Doch ich habe Ebony nicht vertraut. Hoffentlich kann Ebony mir noch einmal verzeihen! Ich bin froh und dankbar, einen Menschen wie sie an meiner Seite zu haben!

Ram

Ram schließt seinen Laptop. Vielleicht ist es noch nicht zu spät. Ram nimmt sich vor, sich bei Ebony zu entschuldigen. Er will alles tun, um ihr zu beweisen, dass er ihr nun hundertprozentig glaubt. Deshalb will er Ebony in die Geheimnisse des Cyberspace einführen.

Bei diesem Gedanken kann Ram endlich wieder lachen. Was in der virtuellen Welt alles möglich ist, wird er Ebony mit Jays Hilfe höchst anschaulich vorführen. Mit seinem ehemaligen Sicherheitschef hat Ram etwas ganz Besonderes vor. Seine Idee ist perfekt, denn auf diese Weise erhält Jay nicht nur seine gerechte Strafe. Für Ram ist es außerdem eine Möglichkeit, den Frieden in der Stadt wiederherzustellen. Die Menschen wollen spielen. Ram wird ihnen diesen Gefallen tun.

Ram kündigt im Citynet an, dass er sich ein Unterhaltungsprogramm ausgedacht hat, an dem die ganze Stadt teilhaben darf. Es wird ausnahmsweise sogar ein kostenloses Vergnügen sein. Jeder darf mitmachen, jeder darf Jäger sein und der Gejagte wird niemand anderes als Jay sein!

Bei diesem Spiel wird jedoch erstmals etwas anders sein als bisher, denn es wird nicht auf den Cyberspace beschränkt sein. Die Grenzen zwischen Wirklichkeit und virtueller Welt werden aufgehoben. Im Cyberspace machen die Menschen Jagd auf ein virtuelles Abbild, in den Straßen der Stadt jagen sie den wirklichen Jay! Das Ziel des Spiels ist es, Jay auszulöschen.

Ram schickt Wachen zu Jay, damit sie ihn freilassen. Zwar wundern sich die Männer über diesen Befehl, führen ihn aber ohne weitere Fragen aus. Auch Jay kann es zunächst nicht glauben. Ihn beschleicht das ungute Gefühl, dass Ram damit einen heimtückischen Plan verfolgt. Jay nimmt sich vor, aufmerksam zu sein, dennoch freut er sich über die unverhoffte Freiheit. Vielleicht ist es einfach nur Rams zunehmende Selbstüberschätzung, die ihn dazu bewogen hat, Jay in die Stadt zurückkehren zu lassen.

Auf den Monitoren in seinem Hauptschaltraum beobachtet Ram zusammen mit Ebony und Java, wie Jay aus dem Hauptquartier tritt und erst einmal tief Luft holt. Dann schlendert Jay zielstrebig in Richtung Mall davon.

Ram ist gespannt, wie weit Jay kommen wird. Schadenfroh reibt er sich die Hände. Es wird ihm großes Vergnügen bereiten, dabei zuzusehen, wie sein ehemaliger Sicherheitschef von den Städtern ein für alle Mal aus dem Weg geräumt wird. Für Ram wird dieses Schauspiel höchst unterhaltsam sein.

Ebony hingegen leidet mit Jay. Ihre Augen sind vor Schreck geweitet, ihr Gesicht ist zu einer Maske erstarrt. Ihre Gedanken überschlagen sich. Niemals hat sie geglaubt, dass Ram so grausam sein kann. Jay hat nicht die geringste Chance. Unweigerlich wird er in den Straßen der Stadt in sein Unglück laufen. Und Ebony kann nichts tun, um ihm zu helfen.

Weder Ram, Java noch Ebony haben bemerkt, wie eine der Wachen Jay heimlich einen Zapper zugesteckt hat. Diese Spezialwaffe der Technos soll ihn beschützen. Ram ist bei seinen eigenen Leuten längst nicht so unumstritten, wie er denkt. Viele der Technos empfinden Respekt für Jays Entschluss, Ram nicht länger zu unterstützen und bewundern seinen Mut.

Ein echter Liebesbeweis

Die Mall Rats halten Kriegsrat. Sie wissen nicht, was sie tun sollen. Salene erklärt sich bereit, einen Suchtrupp in die Stadt zu schicken. Die Leute sollen Jay finden und sicher in die Mall zurückbringen. Siva ist entschlossen, sich diesem Trupp anzuschließen. Sie ahnt, in welch großer Gefahr Jay schwebt, denn sie kennt Ram. Lex hingegen glaubt nicht, dass die Menschen in der Stadt wirklich Jagd auf Jay machen werden. Seiner Meinung nach können sie immer noch zwischen Wirklichkeit und virtueller Welt unterscheiden. Lex kann sich nicht vorstellen, dass Ram die Gedanken und die Warnehmung der Städter bereits derart manipuliert hat.

Doch nur wenige Minuten später wird Lex und den anderen Mall Rats ihr Irrtum deutlich vor Augen geführt. Eine Gruppe Jugendlicher erscheint in der Mall und versucht, sich gewaltsam Zugang zu verschaffen. Die Kids fordern die Mall Rats auf, Jay sofort auszuliefern, andernfalls seien sie entschlossen, die Mall niederzubrennen.

Nur mit Mühe gelingt es Lex, die Gemüter wenigstens so weit zu beruhigen, dass die Jugendlichen abziehen, ohne ihre Drohungen wahr zu machen. Nun ist klar: Sie müssen auf alles gefasst sein.

Unterdessen wird Jay bereits von einigen Straßenkids gejagt. Sie zielen mit allem auf ihn, was ihnen in die Hände fällt. Zuerst versteht Jay gar nicht, warum diese Menschen versuchen, ihn zu töten. Dann jedoch dämmert ihm, dass dies nur Rams Werk sein kann. Deshalb also hat er Jay freigelassen. Jay ist entsetzt. Niemals hat er es für möglich gehalten, dass Rams Kontrolle über die Menschen in der Stadt so groß ist. Ram hat sie süchtig gemacht nach seinen Computerspielen, und nun tun sie alles, um darauf nicht mehr verzichten zu müssen.

Patch verfolgt das angebliche Spiel auf dem Monitor in der Mall. Natürlich beteiligt er sich selbst nicht daran, aber er entdeckt unter den Teilnehmern eine Person, die er bestens kennt, die sie alle in der Mall kennen. Patch druckt ein Bild aus, auf dem diese Person gut zu erkennen ist, denn er ahnt, dass Salene ihm sonst nicht glauben wird.

Er trommelt die Freunde zusammen und zeigt den Ausdruck. „Ich glaube, dass es Pride ist. Eigentlich bin ich sogar absolut sicher. Und er jagt Jay!"

Salenes Augen füllen sich mit Tränen. Ganz fest hat sie geglaubt, dass Pride sein Versprechen hält und mit dem Spielen aufhört. Lange Gespräche haben sie über seine Spielsucht geführt, und er hat immer wieder beteuert, er wolle sich davon befreien. Salene hat ihm ihre Unterstützung angeboten, ist bereit gewesen, alles zu tun, was notwendig ist, um Pride zu helfen. Pride hat gewusst, dass er jederzeit zu ihr kommen kann, wenn er ihre Hilfe braucht. Doch das hat er nicht getan. Offenbar ist seine Sucht stärker als er. Salene ist tief enttäuscht und gekränkt.

Nachdem sich die Mall Rats kurz beraten haben, was zu tun ist, machen sie sich gemeinsam auf den Weg, um Jay zu suchen und ihn vor seinen Angreifern in Sicherheit zu bringen. Nur Dee und Patch bleiben zurück, um die Mall zu bewachen.

Doch schnell wird klar, wie hoffnungslos sie damit überfordert sind. Immer mehr Menschen versammeln sich vor der Mall, rufen Jays Namen. Bald schon bahnen sich die Ersten ihren Weg in das Gebäude hinein. Die Straßenkids haben ein Gitter am Eingang aus der Angel gerissen. Wie eine wilde Meute stürmen sie in die Mall, blicken in jede Ecke und hinter jeden Schrank. Aus Wut und Enttäuschung darüber, dass sie Jay nicht finden, zertrümmern sie, was ihnen in die Hände fällt. Dee und Patch jedoch schenken sie keinerlei

Beachtung. Die beiden stehen dicht aneinander gedrängt in dem ganzen Chaos und wissen nicht, was sie tun sollen. Zum Glück verschwinden die Eindringlinge genauso schnell, wie sie gekommen sind. Schließlich haben sie auf ihrer Jagd nach Jay keine Zeit zu verlieren.

Die Mall Rats sind nicht die Einzigen, die Jay retten wollen. Ved schleicht sich aus dem Hauptquartier der Technos. Auch er möchte seinen Bruder vor dem Schlimmsten bewahren. Jay hat viel für Ved getan und trotz aller Meinungsverschiedenheiten, die sie in letzter Zeit gehabt haben, sind sie doch Brüder. Ved kann Jay einfach nicht im Stich lassen, obwohl er damit zweifellos Rams Zorn heraufbeschwört. Ved kann nur darauf hoffen, dass sein Verschwinden im Hauptquartier unbemerkt bleibt. Natürlich weiß er nur zu gut von den Monitoren, mit denen die ganze Stadt kontrolliert wird. Schließlich hat er selbst das Überwachungssystem installiert und eingerichtet. Ved bleibt also nur, auf sein Glück zu bauen. Auch Ram kann – bei aller Begeisterung für dieses angebliche Spiel – keine vierundzwanzig Stunden vor den Bildschirmen sitzen.

Vom Hauptschaltraum aus beobachtet Ram das Treiben in der Stadt. Alles entwickelt sich so, wie er es sich gewünscht hat. Noch hat Jay seinen Verfolgern entkommen können. Aber es ist nur eine Frage der Zeit, bis sich das ändert.

Ram bestellt Ebony zu sich. Stolz deutet er auf die Bildschirme. Überall ist die gleiche Einstellung zu sehen: Jay, der sich vorsichtig von Haus zu Haus, von Straße zu Straße pirscht. Vergnügt zwinkert Ram Ebony zu. Der Stolz auf sein Werk strahlt ihm aus den Augen. „Das habe ich alles für dich gemacht, damit du etwas mehr Gefallen am Cyberspace findest. Du hast behauptet, du würdest die Wirklichkeit vorziehen. Nun will ich dir zeigen, wie viel spannender die virtuelle Welt ist. In ihr ist alles möglich, es gibt keine Grenzen mehr. Was du träumst, deine Gedanken, all dies wird beinahe im gleichen Augenblick sichtbare Wirklichkeit. Ich hoffe, du erkennst nun, welches Genie in mir steckt!"

Ebony lacht bitter. Sie hat Ram unterschätzt, das ist ein großer Fehler gewesen, für den sie nun zahlen muss. Es entgeht ihr nicht, wie Ram ihr immer wieder verstohlen prüfende Blicke zuwirft. Ram sucht in ihrem Gesicht nach einem Hinweis darauf, ob ihr das Leiden von Jay etwas ausmacht. Ebony ahnt den Grund: Ram ist noch immer eifersüchtig auf Jay. Und er ist verrückt, denn er hat schon seit langem jegliches Gefühl dafür verloren, was Wirklichkeit ist und was nicht.

Ebony beschließt, Ram endgültig zu verlassen.

Sie kann nicht weiter im Hauptquartier bleiben und seinen irren Reden folgen. Jetzt zählt nur noch eines: Sie will versuchen, Jay zu helfen.

Ram ahnt noch nichts von Ebonys Plänen, bemerkt aber, dass ihre Begeisterung durchaus zu wünschen übrig lässt. Schon nach wenigen Minuten verlässt sie einfach den Raum und Ram bleibt allein zurück. Nun fehlt auch Ram die rechte Lust, weiter vor seinen Monitoren zu sitzen. Er zieht sich in sein Zimmer zurück und grübelt darüber nach, warum Ebony so abweisend ist. Ram nimmt seinen Laptop und öffnet ihn. Vielleicht findet er ein wenig Trost, wenn er ein paar Zeilen in sein Cyber-Tagebuch schreibt.

Rams geheimes Tagebuch

Donnerstag, 07.12.

Ich bin tief enttäuscht von Ebony. Da habe ich sie in die Geheimnisse meiner Arbeit eingeweiht, habe ihr gezeigt, was in der virtuellen Welt alles möglich ist. Und sie weiß all dies überhaupt nicht zu schätzen! Heimlich habe ich geglaubt, dass sie, wenn sie meine Arbeit liebt, auch mich als Mensch und Mann lieben lernt. Aber ich habe das Gefühl, sie ist weiter von mir entfernt als jemals zuvor. Ich wollte eine stärkere Verbundenheit zwischen uns herstellen, ihr das zeigen, worauf ich in meinem Leben am stolzesten bin. Aber Ebony hat kaum einen Blick

dafür gehabt. Das hat bestimmt etwas mit Jay zu tun. Vielleicht liebt sie ihn immer noch. Ich bin froh, dass sich dieses Problem bald von selbst erledigt haben wird. Vielleicht kann Ebony dann endlich, Schritt für Schritt, anfangen, mir ihr Herz zu öffnen.
Ram

Ram schließt sein Cyber-Tagebuch wieder. Er ist noch immer deprimiert. Aber er spürt, wie sich seine Traurigkeit allmählich in Wut zu wandeln beginnt.

Noch immer weiß Jay nicht, warum er gejagt wird, aber er ist vorsichtig geworden. Er meidet schlecht einsehbare Ecken und große freie Flächen. Trotzdem muss er sich immer wieder gegen Angreifer wehren, und oft stürzen sie sich gleich zu mehreren auf ihn.

Bisher hat er Glück gehabt, aber das kann sich schnell ändern. Schon wieder hört er Schritte, die sich ihm nähern. Jay sieht eine Gestalt, die ihm bekannt vorkommt. Sie trägt einen langen schwarzen Umhang mit einer Kapuze, die sie tief ins Gesicht gezogen hat. Trotzdem erkennt Jay, wer sich darunter verbirgt: Es ist Pride. Seine Augen sind starr, seine Pupillen riesig geweitet. Wie hypnotisiert blickt Pride ihn an. Langsam kommt er näher. Dann schnellen seine Arme nach vorne und umklammern Jays Hals.

Jay versucht sich zu befreien, doch Pride ist stark. Nur mit Mühe kann er sich für ein paar Augenblicke von Pride losmachen. „Pride, warte! Das hier ist kein Spiel! Ich bin der echte, der wirkliche Jay!"

„Versuche nicht, mich zu täuschen." Pride will wieder zufassen, doch Jay weicht ihm aus.

„Pride, du gehörst zum Stamm der Ecos, das weiß ich. Du und Amber, ihr seid ein Paar gewesen. Ich glaube, du liebst sie noch immer, habe ich Recht?" Jay holt tief Luft. „Du musst zugeben, dass ich das gar nicht wissen kann, wenn ich virtuell bin. All dies hier hat sich Ram ausgedacht. Mit dem einzigen Ziel, mich aus dem Weg zu schaffen."

Pride zögert, offenbar haben Jays Worte ihn zum Nachdenken gebracht. Er lässt die Arme sinken und blickt Jay fassungslos an. Pride ist über sich selbst entsetzt. Um ein Haar hat er Jay getötet! Er, Pride, der Gewalt immer abgelehnt hat. Er muss völlig von Sinnen gewesen sein, anders kann er sich sein Verhalten nicht erklären. Pride fühlt sich von einer Sekunde auf die andere völlig ernüchtert.

Pride weiß, wie unverzeihlich sein Verhalten ist. Dennoch will er versuchen, seinen Fehler wenigstens ein bisschen wieder gutzumachen. Er bietet

Jay seine Hilfe an. Ab sofort will Pride alles tun, was in seinen Kräften liegt, damit Rams Plan nicht aufgeht.

Für Ebony gibt es keinen Weg zurück. Sie irrt durch die Stadt. Irgendwo hier muss Jay sein. Ebony achtet darauf, den Überwachungskameras aus dem Weg zu gehen, denn sie will nicht von Rams Wachen eingefangen werden. Niemals wieder wird sie Ram gegenübertreten, das hat sie sich geschworen.

Ebony biegt um eine Ecke und steht unvermittelt vor Jay, der einen schweren Ast in der Hand hält, um sich gegen einen möglichen Angreifer zur Wehr zu setzen. Sprachlos schauen sich die beiden an. Dann wirft Jay den Ast weg und schließt Ebony in seine Arme. „Ich habe geglaubt, dass ich dich niemals wieder sehe", flüstert er ihr zärtlich ins Ohr.

Auch Ebony kann ihr Glück kaum fassen. „Ich habe mir solche Sorgen um dich gemacht." Sie seufzt selig. „Nun wird alles gut, du lebst! Das ist das Einzige, was zählt."

Langsam befreit sich Jay aus ihrer Umarmung und blickt sie ernst an. Auch er möchte sich gerne von seinen Gefühlen übermannen lassen, doch dies ist nicht der richtige Augenblick dafür. „Wir müssen von hier verschwinden."

„Ich weiß." Nachdenklich blickt sich Ebony um.

Noch scheint niemand sie entdeckt zu haben. Dann jedoch bemerkt sie die Überwachungskamera, die genau auf sie beide gerichtet ist. Ihr erster Impuls ist es, Jay mit sich zu ziehen, um möglichst schnell aus dem Blickfeld der Kamera zu verschwinden. Dann jedoch kommt ihr eine andere Idee. „Nein, warte. Komm her und küsse mich."

Das lässt sich Jay nicht zweimal sagen. Er beugt sich zu Ebony hinunter und ihrer beider Lippen finden sich in einem langen, leidenschaftlichen Kuss.

Heimlich irrt Ebonys Blick dabei immer wieder zu der Kamera hinüber. Ram sieht in diesem Moment bestimmt zu, und das erfüllt sie mit einem ganz besonderen Triumph. Nun wird er hoffentlich begreifen, dass er sie endgültig verloren hat.

Tatsächlich starrt Ram wie gebannt auf das Bild, das die Überwachungskamera ihm liefert. Er stößt ein unterdrücktes Stöhnen aus und schlägt sich die Hände vors Gesicht. Es ist ihm unerträglich, die beiden so zusammen zu sehen. Dieser Anblick versetzt ihm einen Stich mitten ins Herz. Wie sehr hat er sich gewünscht, von Ebony einmal so geküsst und mit dieser Zärtlichkeit angeschaut zu werden.

Java, die neben Ram steht, betrachtet ihn mit einigem Befremden. Es ist ihr beinahe peinlich, ihn so zu erleben. Sie kennt ihn nur als den listigen, mächtigen Ram, der alles unter Kontrolle hat, vor allem seine Gefühle. Doch in diesem Moment scheint er wirklich zu leiden. Java ist irritiert.

Das Original ist unerreichbar

Ram wirkt wie versteinert. Java versucht ihn anzusprechen, doch er reagiert nicht. Seine Augen sind vor Entsetzen weit aufgerissen, Tränen glitzern in ihnen. Er scheint nicht zu bemerken, dass Ebony und Jay längst wieder von dem Bildschirm verschwunden sind. Auch die Kämpfe auf den Straßen der Stadt, die immer gewalttätiger werden, scheinen ihn nicht zu interessieren. In der Stadt herrscht mittlerweile ein gnadenloser Kampf jeder gegen jeden. Alle wollen sie das angebliche Spiel gewinnen.

Java muss einsehen, dass Ram nicht eingreifen wird. Über ihr Headset, bestehend aus einem Mikrofon und einem kleinen Lautsprecher, den sie in der Ohrmuschel trägt, gibt sie den Technos Anweisungen. Sie sollen die Unruhen beenden und nach Ebony und Jay suchen.

Unterdessen ist Ram mit seinem Rollstuhl auf sein Zimmer gefahren. Er will niemanden sehen und hören. Nur sein eigenes Leid beschäftigt ihn jetzt. Er möchte alleine sein, denn niemand soll ihn in diesem kläglichen Zustand erleben. Ram fühlt sich kraftlos und schwach. Sein Leben scheint keinen Sinn mehr zu machen. In den folgenden Tagen kommt Ram kaum noch aus seinem Zimmer heraus, sondern brütet von morgens bis abends über seinen trüben Gedanken. Nur einmal greift er zu seinem Laptop, um in sein Cyber-Tagebuch zu schreiben.

Rams geheimes Tagebuch

Montag, 11.12.

In mir ist nur noch Leere. Ich finde keinen Antrieb mehr. Alles, was um mich herum geschieht, ist mir gleichgültig. Es muss doch einen Weg geben, diesen schrecklichen Zustand zu beenden, denn ich leide. Ich leide wirklich. Ich habe so viele Hoffnungen in die Ehe mit Ebony gesetzt. Mit ihr habe ich mich wirklich verbunden gefühlt. Noch immer bin ich davon überzeugt, dass mich kein anderer Mensch so gut verstehen kann wie Ebony. Wir sind uns nahe gewesen, auch wenn es mir offenbar niemals gelungen ist, ihre Gefühle für mich zu gewinnen. Aber ich will diese Traurigkeit nicht mehr empfinden, die mich schwach und wehrlos macht. Ich möchte die Niederlage, die ich erlebt habe, überwinden!

Ram

Wenn Ram gehofft hat, im Niederschreiben seiner Gefühle etwas Trost zu finden, so wird er enttäuscht. Er fühlt sich noch immer so schlecht wie zuvor. Allerdings beginnt in seinem Kopf eine Idee Gestalt anzunehmen, und dieser Plan gefällt ihm immer besser.

Ebony und Jay wissen, dass sie die Stadt so schnell wie möglich verlassen müssen. Pride hilft ihnen bei ihrer Flucht. Er zeigt ihnen eine Stelle, an der sie problemlos in die Kanalisationsschächte der Stadt einsteigen können. Es ist ein Gewirr von unterirdischen Gängen, die unterhalb der Stadt verlaufen und über deren Grenzen hinaus aufs Land führen.

Zum Glück hat Pride eine Lampe dabei. So können sie wenigstens etwas sehen. Der Marsch ist anstrengend und alles andere als angenehm. Die Schatten an den Wänden lassen besonders Ebony ein paar Mal zusammenfahren. Aber schließlich haben sie es geschafft: Pride, Jay und Ebony klettern wieder an die Oberfläche und stehen mitten auf einer Wiese. Vor ihnen erstreckt sich ein kleines Wäldchen, neben ihnen fließt ein Fluss. Das Wasser glitzert in der Sonne und alles um sie herum wirkt unglaublich ruhig und friedlich. Die Stadt liegt hinter ihnen, sie sind in Sicherheit. Niemand wird sie hier finden.

Pride wünscht Ebony und Jay viel Glück. Er

selbst will in die Mall zurückkehren, denn vielleicht brauchen die Mall Rats dort seine Hilfe. Jay und Pride umarmen sich. Pride ist dankbar, weil Jay ihn aus seiner Scheinwelt zurück in die Realität geholt hat. Und Jay weiß, dass Ebony und er nur durch Prides Hilfe lebend aus der Stadt herausgefunden haben. Jay streckt Pride entschlossen seine Hand entgegen. Er will ihm seine Freundschaft anbieten. Pride nimmt Jays Angebot ohne zu zögern an. Auch wenn sich ihre Wege jetzt trennen, es ist immer gut zu wissen, dass man sich aufeinander verlassen kann. Die schwierigen Zeiten, durch die sie beide gegangen sind, haben zwischen ihnen ein starkes Band entstehen lassen, das niemals wieder zerstört werden kann.

Nachdem er weit und breit keine Spur von seinem Bruder gefunden hat, ist Ved schweren Herzens in das Hauptquartier zurückgekehrt. Er will Java dazu überreden, das angebliche Spiel über das Citynet für beendet zu erklären.

Doch Java weigert sich. Sie weiß genau, welche Macht das Spiel den Technos verleiht. Nur so haben sie die Menschen in der Stadt unter Kontrolle. Zu groß ist die Gefahr, dass sich die Wut der Städter gegen die Technos richtet, wenn sie das Spiel beenden. In einer Situation wie dieser können sie dieses Risiko nicht eingehen. Zumal Ram sich kaum noch im Hauptschaltraum blicken lässt, sondern stattdessen beinahe rund um die Uhr im Cyberspace ist.

Solange Ram nicht ansprechbar ist für die Dinge, die täglich entschieden werden müssen, übernimmt Java dies für ihn. Und Java traut Ved nicht. Sie beschuldigt ihn sogar, froh über Jays Entkommen zu sein. Java zweifelt daran, ob Ved wirklich noch auf der Seite der Technos steht. Deshalb droht sie ihm. Wenn er sich gegen seine eigenen Leute stellt, dann wird sie dafür sorgen, dass er gefunden wird und ihn das gleiche Schicksal ereilt wie seinen Bruder. Java will sich unbedingt an ihm rächen: Einerseits, weil er Ebony ihr vorgezogen hat und andererseits, weil er Ram verraten hat.

Wieder einmal hat sich Ram in seinem Zimmer eingeschlossen und ist in die virtuelle Welt geflüchtet. Wenn überhaupt, dann ist dies der einzige Ort, an dem er ein wenig Trost finden kann. Ram hat sich daran erinnert, dass er von Ebony, wie von allen Menschen, die ihm etwas bedeuten, ein virtuelles Abbild besitzt. Auf diese Weise kann er in Ebonys Nähe sein, auch wenn sie längst nicht mehr in der Stadt ist.

Es ist die Hochzeit mit ihr, die Ram noch einmal im Cyberspace erleben möchte. Alles scheint perfekt: Ebony trägt ein wunderschönes Kleid und

Ram selbst einen eleganten Anzug. Natürlich kann er laufen und ist nicht mehr auf seinen Rollstuhl angewiesen. Ram seufzt selig. Wie schön das alles ist! Dann jedoch macht Ebony den Mund auf und was sie sagt, zerstört alle Träume Rams mit einem Schlag. Mit monotoner Stimme, die keinerlei Ähnlichkeit mit der der realen Ebony hat, wiederholt sie immer wieder ein und denselben Satz: „Ja, Ram ich will nicht deine Frau sein."

Ram stößt einen derben Fluch aus und lässt seine zur Faust geballte Hand auf die komplexe Armatur knallen, die vor ihm liegt. Wie ist das möglich? Bei ihrer virtuellen Hochzeit sind dies nicht Ebonys Worte gewesen. Wie kann es sein, dass die Erinnerung, die ihm die wichtigste überhaupt ist, so grausam verstümmelt worden ist? Irgendetwas scheint mit der Programmierung falsch gelaufen zu sein. Das ist mehr als ärgerlich, das ist eine Katastrophe! Ram ist sehr wütend und zerstört das künstliche Abbild von Ebony. Dafür sind nur einige Handgriffe auf der Tastatur seines Computers notwendig. Erleichtert atmet Ram auf. Diese schreckliche Stimme ist zum Schweigen gebracht. Gleichzeitig weiß Ram aber auch, dass er Ebony nun ganz verloren hat.

Ram ist sehr aufgewühlt. Er setzt sich an seinen Laptop und beginnt in seinem Cyber-Tagebuch zu schreiben.

Rams geheimes Tagebuch

Mittwoch, 13.12.

Wie konnte das nur passieren? Wieso ist es mir nicht gelungen, eine perfekte Kopie von Ebony zu erstellen. Bisher habe ich immer geglaubt, ich könne in meiner virtuellen Welt alles genau so darstellen, wie ich es will. Nun muss ich feststellen, wie sich mir Ebony nicht nur im realen Leben entzieht, sondern auch im Cyberspace. Ich habe das Gefühl, dass mir alles entgleitet. Alles, was mir in meinem Leben etwas bedeutet hat, erweist sich nun als fehlerhaft und unzureichend. Ich kann gar nicht sagen, wie enttäuscht ich bin. Alle meine Hoffnungen auf ein schöneres Leben habe ich auf die virtuelle Welt gesetzt. Und nun ist alles zerstört! Noch niemals habe ich mich so leer und unglücklich gefühlt.

Ram

Ram schließt sein Cyber-Tagebuch und versinkt wieder in seinen Grübeleien. Er weiß nicht, wie es weitergehen soll. Die virtuelle Welt ist immer seine Zuflucht gewesen. Bis zu diesem Tage ist sie immer perfekt für ihn gewesen. Doch Ebony hat alles kaputtgemacht.

Auf der Flucht

In der Mall beschließen die Freunde, alle Computer, die an das Citynet angeschlossen sind, zu zerstören. Ohne diese Geräte können Ram und die Technos keine Macht mehr auf die Städter ausüben. Das Citynet und die virtuellen Spiele sind Rams gefährlichste Waffe. Offenbar können die meisten Menschen längst nicht mehr zwischen Cyberspace und wirklicher Welt unterscheiden. Nicht auszudenken, wohin dies noch führen kann. Schon jetzt haben die Unruhen in der Stadt beängstigend zugenommen. Die Städter sind aggressiv und misstrauisch geworden. Salene glaubt, dass sie nur dann eine Chance hat, in der Stadt wieder für Ruhe und Ordnung zu sorgen, wenn alle Computer verschwinden. Und Salene nimmt ihre Aufgabe als Anführerin ernst. Es wird nicht leicht sein, diesen Plan in die Tat umzusetzen, das ist ihr klar. Zu vielen Menschen geht es so wie Pride. Sie sind süchtig nach den Spielen und werden versuchen sich zu wehren, wenn sie ihre Geräte abgeben sollen. Trotzdem will Salene es versuchen. Auf die Hilfe der Mall Rats kann sie dabei zählen.

Nur einer in der Mall ist von dieser Idee nicht angetan: Es ist Pride. Er befürchtet, dass die echten Spieler ihre Geräte nicht abgeben, sondern im Verborgenen weitermachen. Diese Leute werden in den Untergrund gehen und dort gar nicht mehr kontrollierbar sein.

Doch die Freunde hören nicht auf ihn. Pride hat ihr Vertrauen und besonders das von Salene zu oft missbraucht. Immer wieder hat er ihr versichert, seine Spielsucht überwunden zu haben, doch jedes Mal ist er rückfällig geworden. Auch wenn er nun beteuert, geheilt zu sein, nimmt ihm dies niemand mehr ab.

Allmählich beginnt Java unruhig zu werden, denn Ebony und Jay sind noch immer nicht gefunden worden. Die beiden sind wie vom Erdboden verschwunden. Java beschließt, die Suchmannschaften zu verstärken. Allerdings kann sie sich der Einsicht nicht verschließen, dass Ebony und Jay möglicherweise längst nicht mehr in der Stadt sind. Zwar ist es Java ein Rätsel, wie sie das geschafft haben sollen, aber jetzt ist nicht die Zeit darüber nachzudenken, jetzt muss gehandelt werden.

Zum Glück scheint es Ram endlich etwas besser zu gehen. Er bleibt nicht mehr den ganzen Tag in seinem Zimmer, sondern übernimmt wieder das Kommando im Hauptquartier. Java fällt ein Stein vom Herzen. Ram wünscht sich ebenso sehr wie Java, dass Ebony und Jay gefunden werden. Sie sollen ihre gerechte Strafe erhalten, denn sie haben Rams Vertrauen missbraucht und die gemeinsame Sache verraten. Ram will Rache.

Und er hat auch schon eine Idee, wie die Technos die Spur der beiden Verräter wieder finden können. Dazu werden sie auf ein ganz und gar untechnisches Mittel zurückgreifen. Die Idee ist Ram gekommen, als er heimlich in Ebonys Zimmer gewesen ist, um nach einem Hinweis darauf zu suchen, wohin sie gegangen sein kann. Dabei ist ihm Ebonys rote Lederjacke in die Hände gefallen. Ebony hat sie sehr gerne getragen.

Ram lacht bitter. Das ist wirklich ein origineller Einfall von ihm. Er wird Hunde auf die Spur von Ebony und Jay ansetzen. Zuvor wird Ram den Tieren Ebonys Lederjacke unter die Nase halten, damit sie ihre Witterung aufnehmen können. Hunde und besonders geschulte Hunde sind darin nahezu unfehlbar. Ebony und Jay mag es gelungen sein, die Stadt zu verlassen, den Hunden werden sie nicht entkommen, wo auch immer sie gerade sein mögen.

Ram kann es kaum erwarten, dass Ebony und Jay gefunden werden. Genüsslich malt er sich in seinem Cyber-Tagebuch aus, was er mit ihnen machen wird.

Rams geheimes Tagebuch

Sonntag, 17.12.

Ich bin wirklich ungeheuer wütend auf die beiden. Ich habe ihnen alles ermöglicht, was sie sich nur gewünscht haben. Was sind sie schon ohne mich? Jay ist immer ein wenig eigensinnig gewesen, hat jedoch gute Arbeit abgeliefert. Aber nur durch mich hat er teilgehabt an der Macht. Ihn werde ich, sobald er von meinen Leuten gefasst worden ist, für ein paar Experimente im Cyberspace benutzen. An ihm kann ich meine neuesten Computerprogramme ausprobieren. Seine Belastbarkeit und Ausdauer bei virtuellen Spielen werden mir interessante Aufschlüsse geben. Besonders betrübt bin ich jedoch über Ebony. Sie hat mich belogen und betrogen. Damit hat sie mir wirklich wehgetan, weil ich sie von Anfang an für etwas ganz Besonderes gehalten habe. Wenn ich ehrlich bin, dann muss ich zugeben, dass ich mich in manchen schwachen Momenten immer noch zu ihr hingezogen fühle. Aber Ebony hat ihre Chance gehabt. In Zukunft werde ich ihr nicht mehr vertrauen können. Ich werde sie bestrafen, indem ich ihrer Schwester Java die volle Befehlsgewalt über sie gebe. Java hasst Ebony so sehr, dass ich sicher bin, sie wird sich eine grausame Strafe für sie ausdenken. Und Java kann

weitaus gnadenloser sein als ich – jedenfalls bei Ebony.
Ram

Ram ist überaus optimistisch, dass die Suchtrupps die beiden bald finden, und dann ist seine Stunde gekommen. Der Gedanke daran ist zwar kein wirklicher Trost für die Enttäuschung, die er erlitten hat, aber er lindert seinen Schmerz. Das Gefühl von Schwäche, das Ram so sehr hasst, ist nicht mehr so deutlich zu spüren.

Ebony und Jay haben in einem leer stehenden Farmhaus in der Nähe der Stadt Unterschlupf gefunden. Sie haben Glück, denn in den schon reichlich verstaubten Regalen finden sie ein paar Konservendosen, deren Haltbarkeitsdatum noch nicht abgelaufen ist. Jay hat ein Feuer entzündet, über dem sie ihr Essen warm machen. Zusammen machen sie es sich so gemütlich, wie dies unter den gegebenen Umständen nur möglich ist.

Ebony und Jay sind sich einig geworden, dass sie nicht wieder in die Stadt zurückkehren wollen. Irgendwo – weit weg – werden sie noch einmal ganz von vorne beginnen und alles, was bisher in ihrem Leben geschehen ist, hinter sich lassen. Ebony und Jay haben beide einen Traum verloren. Jays Ziel ist es gewesen, durch hochwertige Technik das Leben der Menschen angenehmer und leichter zu machen. Daran ist er – zumindest mit den Technos – gescheitert. Ebony hingegen ist von dem Gedanken fasziniert gewesen, andere Menschen beherrschen und kontrollieren zu können. Aber seit sie Jay kennen gelernt hat, weiß sie, dass dies nicht möglich ist und Vertrauen und Loyalität viel wertvoller sind. Gemeinsam wollen sie in eine bessere Zukunft starten und sich niemals wieder trennen.

Leider werden Ebony und Jay schon bald aus ihren romantischen Träumereien herausgerissen. Ebony hört es als Erste. Es ist das Bellen von Hunden, die schnell näher kommen. Erschrocken blicken sich Ebony und Jay an. Das können nur die Technos sein, die ihnen auf der Spur sind. Sie fassen sich an den Händen und versprechen, einander niemals zu verlassen, was auch immer geschehen mag. Dieses Gelübde besiegeln sie mit einem Kuss. Dann verlassen sie ihr Versteck und laufen um ihr Leben.

Doch die Verfolger bleiben ihnen auf den Fersen. Wenn nicht ein Wunder geschieht, haben die Technos sie bald eingeholt. Suchend blicken sich Ebony und Jay um, vielleicht entdecken sie irgendetwas, womit sie die Meute, die sie jagt, ablenken können. Als Jays Blick auf zwei Vogelscheuchen fällt, huscht ein Lächeln über sein Gesicht. Er hat er eine Idee. Hastig beginnt er sich auszuziehen, und er drängt Ebony, das Gleiche zu tun. Zuerst begreift Ebony nicht recht, worauf er hinaus will, gehorcht ihm aber zögernd. Wenig später tragen sie die reichlich verschmutzten und zerrissenen Kleidungsstücke auf dem Leib, die zuvor die Vogelscheuchen geziert haben. Dies ist die einzige Möglichkeit, die sie haben, die Spürhunde rechtzeitig abzuhängen. Ebony und Jay laufen los, so schnell ihre Beine sie tragen. Schon bald ist das Bellen der Hunde kaum noch zu hören. Keine Frage, der Suchtrupp ist ihnen nicht gefolgt. Überglücklich fallen sich die beiden Verliebten in die Arme.

Als es Abend wird, suchen sich Ebony und Jay ein Versteck für die Nacht. Sie fühlen sich sicher und schlafen schon bald tief und fest. Sehr früh am nächsten Morgen werden sie jedoch von merkwürdigen Geräuschen geweckt. Jay greift nach einer Stange, die in Reichweite neben ihm liegt. Er ist bereit zuzuschlagen, falls es nötig ist.

Doch nicht die Wachen der Technos stehen wenig später vor ihnen: Es sind Trudy und Amber, die von einigen Ecos begleitet werden. Und die beiden Frauen sind mindestens ebenso verblüfft wie Jay und Ebony.

Traum von der Unsterblichkeit

Die Ecos umzingeln Ebony und Jay. Auf ein Zeichen von Trudy und Amber geben die Ecos die beiden jedoch wieder frei. Amber scheint ehrlich erfreut zu sein, sie zu sehen, während Trudy aus ihrer Ablehnung Ebony gegenüber keinen Hehl macht. Trudy beginnt Ebony zu beschimpfen, doch Amber bringt sie mit einer schnellen Handbewegung zum Schweigen. Das sind alles Dinge, die in die Vergangenheit gehören. Die alten Wunden sollen nicht mehr aufgerissen werden. Amber selbst hat Ebony inzwischen verziehen, dass sie sie hochschwanger aus der Stadt getrieben hat. Nur über den Verlust Brays wird Amber wohl niemals hinwegkommen. Aber wenigstens hat sie den kleinen Bray. Voller Stolz zeigt sie Ebony das Baby.

Im ersten Augenblick muss Ebony schlucken. Es berührt sie eigenartig, denn dieses Kind trägt Brays Namen. Das Baby ist der lebendige Ausdruck von Brays Liebe zu Amber, die Liebe die sich Ebony einmal mehr als alles andere für sich selbst gewünscht hat. Doch das ist vorbei. Ebony kann dieses Baby nun ohne Neid anschauen, und es versetzt ihr auch keinen Stich ins Herz. Sie findet den Kleinen sogar ausgesprochen süß. Ihre Liebe zu Jay hat ihren Schmerz geheilt.

Jay gefällt es sehr gut im Lager der Ecos. Es bewegt ihn, wie freundlich die Menschen dort miteinander umgehen. Einer hilft dem anderen, nie fällt ein lautes Wort. Das ist so ganz anders als das, was er von den Technos kennt. Jay ist überzeugt davon, dass dies alles auf Ambers Einfluss zurückzuführen ist und bewundert sie dafür.

Auch Amber ist tief beeindruckt von Jay. Es ist für ihn nicht leicht gewesen ist, die Technos zu verlassen. Trotzdem hat er den Schritt gewagt und alles hinter sich gelassen. Ambers Blick ruht, immer wenn sie Jay anschaut, voller Wohlwollen auf ihm. Und auch Jay ist sichtlich angetan von Ambers Gesellschaft.

Ebony beobachtet dies mit wachsender Unruhe. Sie spürt, wie die alte Eifersucht wieder in ihr aufflammt. Ebony kann den Gedanken nicht ertragen, Jay an eine andere Frau zu verlieren – und schon gar nicht an Amber, ihre alte Rivalin. Ebony möchte das Lager der Ecos so schnell wie möglich wieder verlassen.

Amber verspricht, ihnen neue, saubere Kleidung zu besorgen und lädt sie zu einem gemeinsamen Essen ein. Außerdem bietet sie Jay und Ebony einen Platz für die Nacht an. Amber ist sicher, dass die Suchtrupps der Technos die beiden hier nicht finden werden.

Dankbar willigt Jay ein. Er freut sich auf das Beisammensein mit den alten Freunden. Ebony jedoch zieht einen Schmollmund, fügt sich aber widerspruchslos. Wirklich wohl fühlt sie sich allerdings nicht in ihrer Haut.

Allmählich fängt Ram an ungeduldig zu werden. Er ruft Java zu sich, um zu erfahren, ob die Suche nach Ebony und Jay endlich erfolgreich gewesen ist. Java muss bedauernd den Kopf schütteln. Sie hat Suchtrupps weiträumig ins Umland der Stadt geschickt. Aber es ist schwierig, die beiden zu finden, denn dort gibt es weder Überwachungskameras noch sonstige Hilfsmittel. Da draußen existiert nichts als reine Natur.

Bei dem Gedanken daran schüttelt sich Ram angeekelt. Allein schon die Vorstellung genügt, um ihm Schauer des Entsetzens den Rücken hinunter zu jagen. Unmengen von Schmutz und Keimen umgeben die beiden Ausreißer. Das Leben in der Natur muss der pure Horror sein. Wie viel schöner ist es da in der Welt, die Ram sich selbst erschaffen hat. Ram kann es kaum erwarten, wieder in den Cyberspace abzutauchen. Unter Hochdruck arbeitet er zurzeit an dem Softwareprogramm, das sein ganz persönliches Paradies simuliert. Schon einmal, als er schwer krank war, ist er dort gewesen, an dem Ort, an dem er seine Kindheit verbracht hat – die schönste und unbeschwerteste Zeit seines Lebens. Rams Ziel ist es nun, dieses Programm so zu verbessern, damit er irgendwann für immer dort bleiben kann. Alles andere interessiert ihn nur noch am Rande, selbst die Suche nach Ebony und Jay.

Als Ram Java von diesen Plänen berichtet, reagiert sie ganz anders, als er erwartet hat. Sie bricht in Tränen aus! Ram hat sie noch niemals zuvor so gesehen. Java ist immer entschlossen und stark gewesen. Zwar besitzt sie nicht Ebonys taktisches Talent, aber auch Java ist sehr klug. Ram ist ehrlich gerührt. Niemals hat er vermutet, dass es sie derart trifft, wenn sich ihre Wege trennen. Ram versteht nicht recht, warum sie sich nicht für ihn freut. Schließlich hat er eine Möglichkeit gefunden, unsterblich zu sein. Allerdings möchte Ram in seinem Paradies nicht ganz alleine sein, deshalb fragt er Java, ob sie ihn begleiten möchte.

Java denkt einen Moment nach, dann schüttelt sie entschieden den Kopf. Die Aussicht, für immer in Rams Nähe zu sein, ist verlockend. Aber Java weiß, dass einer von ihnen beiden in der Wirklichkeit zurückbleiben muss. Geräte und Software müssen regelmäßig überwacht und aktualisiert werden. Diese Aufgabe muss jemand übernehmen, dem Ram wirklich vertrauen kann. Java ist bereit, diese große Verantwortung für Ram auf sich zu nehmen.

Rams Programm steht bereits kurz vor der Fertigstellung. Da Java aber so unglücklich ist, will er vor ihr nicht darüber reden. Stattdessen zieht sich Ram auf sein Zimmer zurück und setzt sich an seinen Laptop, um in sein Cyber-Tagebuch zu schreiben.

Rams geheimes Tagebuch

Mittwoch, 20.12.

Javas Gefühlsausbruch hat mich tief berührt. Ich glaube, sie liebt mich wirklich. Vielleicht habe ich mich in ihr getäuscht. Schade, dass mir Ebony mehr bedeutet als sie. Aber all dies ist jetzt nicht mehr wichtig. Schon bald werde ich meinen kranken Körper verlassen und für immer im Cyberspace bleiben. Ich werde ein gefeierter Herrscher sein, verehrt von der ganzen Welt, weil ich diese Software entwickelt habe. Ein Programm, das es in der Zukunft auch anderen Menschen ermöglichen wird, ihre leibliche Hülle zu verlassen und unsterblich zu werden. Das wird mein ganz großer Triumph!

Ram

Mit einem versonnenen Lächeln im Gesicht schließt Ram sein Cyber-Tagebuch. Er beschließt, sich sofort wieder an die Arbeit zu machen. Ein paar Dinge gibt es an dem komplexen Softwareprogramm noch zu verbessern. Je früher er damit beginnt, desto früher ist es perfekt.

Der Aufenthalt bei den Ecos zieht sich länger hin als gedacht. Schon seit ein paar Tagen sind Ebony und Jay jetzt bei dem Naturstamm. Amber und Ebony sind bisher freundlich, aber reserviert miteinander umgegangen. Nun ist es Amber, die den ersten Schritt auf Ebony zugeht. Sie bietet Ebony eine gründliche Aussprache an. Amber ist aufgefallen, wie sehr sich Ebony verändert hat und um wie viel sanfter und gefühlvoller sie im Gegensatz zu früher geworden ist. Ebonys Liebe zu Jay scheint dies bewirkt zu haben. Amber ist von dieser offensichtlichen Verwandlung beeindruckt. Sie räuspert sich ein wenig verlegen. „Es freut mich für dich, dass du mit Jay glücklich bist, wirklich."

Ebony strahlt über das ganze Gesicht. „Ja, wir wollen zusammen ein neues Leben beginnen. Die Stadt mit all den schlechten Erinnerungen, die wir mit ihr verbinden, werden wir hinter uns lassen. Ich bin glücklich, dass wir diesen Schritt getan haben." Auch Ebony beginnt Amber allmählich mit anderen Augen zu sehen. Zwar wird sie niemals ihre beste Freundin werden, dafür ist zwischen ihnen zu viel vorgefallen. Trotzdem ist Ebony bereit, das Kriegsbeil zu begraben. Sie streckt Amber die Hand entgegen und Amber ergreift sie, ohne auch nur einen Moment zu zögern. Die beiden so unterschiedlichen Frauen blicken sich fest in die Augen. Die Zeiten, in denen sie sich gegenseitig bekämpft haben, sind ein für alle Mal vorbei.

Nichts wie weg!

Trudy hingegen warnt Amber vor Ebony, denn sie traut ihr einfach nicht über den Weg, kann nicht an Ebonys plötzliche Sanftmütigkeit glauben. Ihrer Ansicht nach wird Ebony die Ecos bestimmt für ihre eigenen Zwecke missbrauchen. Trudy drängt Amber deshalb, Jay und Ebony so schnell wie möglich weiterziehen zu lassen. Ebonys Anwesenheit hat bisher immer Ärger bedeutet und das wird auch diesmal nicht anders sein. Da ist sich Trudy sicher. Sie hat große Angst, dass die Technos die beiden Ausreißer bei den Ecos finden. Die Technos werden nicht zögern, den Naturstamm hart zu bestrafen. Die Ecos sind friedliebende Menschen, aber wenn sie Jay und Ebony noch lange bei sich beherbergen, dann ist die Wahrscheinlichkeit groß, dass auch sie in die Streitigkeiten und Auseinandersetzungen hineingezogen werden, die in der Stadt ausgetragen werden.

Amber lässt sich von Trudys Bedenken nicht beeinflussen. Sie erneuert ihr Angebot: Jay und Ebony können so lange bleiben, wie sie wollen. Außerdem versichert Amber ihnen, dass es für sie immer ein Versteck und einen Platz zum Schlafen bei den Ecos geben wird.

Trotzdem drängt Ebony Jay zum Aufbruch. Es ist weniger die Angst vor den Technos, die sie dazu bewegt. Mit wachsender Sorge sieht sie, wie blendend sich Jay und Amber verstehen. Ständig unternehmen sie etwas zusammen und führen dabei lange Gespräche. Ebony fühlt sich ausgeschlossen. Zwischen Amber und Jay scheint eine Verbundenheit zu bestehen, der sie nichts entgegenzusetzen hat. Ebony hat Angst, dass Jay sie vielleicht doch nicht so sehr liebt, wie sie geglaubt hat. Jay scheint es nämlich plötzlich gar nicht mehr eilig zu haben. Er verschwindet mit Amber zu langen Spaziergängen im Wald und lässt Ebony alleine.

Jay und Amber reden über ihre verlorenen Träume, denn das ist es, was sie beide gemeinsam haben. Sie haben für eine gerechtere und menschlichere Gesellschaft gekämpft, jeder auf seine Weise und mit unterschiedlichen Mitteln. Alle Menschen sollten zur Wahl gehen können, und Entscheidungen sollten nicht nur von einer Person getroffen werden. Das war Ambers Ziel. Jay hingegen hat auf die Möglichkeiten der Technik gehofft, um die Lebensbedingungen der Städter zu verbessern. Zu lange ist er blind bezüglich Rams wahrer Absichten gewesen. Jay hat nicht verhindern können, dass Ram die Menschen mit seinen Spielen im Cyberspace einer Gehirnwäsche unterzogen hat. Jetzt kann Ram alles mit ihnen machen, was ihm in den Sinn kommt.

Je öfter Jay mit Amber über diese Dinge redet, desto größer wird sein schlechtes Gewissen. Es ist nicht richtig gewesen, einfach davonzulaufen. Eigentlich ist es seine Aufgabe zu kämpfen. Jay wird in der Stadt gebraucht! Vielleicht kann er ein paar der Fehler, die er begangen hat, wieder gutmachen. Jay trägt eine Verantwortung, der er sich stellen muss. Und natürlich denkt er dabei auch an eine ganz bestimmte Person, an seinen Bruder Ved. Ved ist immer noch unter Rams Kontrolle, ahnt vermutlich nicht, für welch abstruse Projekte dieser die von Ved erstellten Programme missbraucht. Jay hofft inständig, dass Ram seine Wut über ihn nicht an Ved auslässt. Das hat sein kleiner Bruder nicht verdient. Es ist falsch gewesen, Ved einfach im Stich zu lassen. Ved mag noch an die Sache der Technos glauben, schließlich ist er jung und unerfahren. Doch es ist Jays Aufgabe, die des größeren Bruders, ihn wieder auf den richtigen Weg zurückzubringen. Jay hat seine Entscheidung getroffen: Er wird in die Stadt zurückkehren und sich dem Kampf gegen Ram und die Technos stellen.

Als Amber von diesem Entschluss erfährt, beglückwünscht sie ihn. Jay und sie sind sich ähnlich. Sie glauben an das Gute im Menschen und sind sogar bereit, ihr eigenes Leben zu riskieren, um der Gerechtigkeit zum Sieg zu verhelfen.

Ohne darüber nachzudenken, was sie tut, umarmt Amber Jay. Ihrer beider Lippen berühren sich beinahe zufällig zu einem zarten Kuss. Im nächsten Moment zuckt Jay zurück, befreit sich von Amber und springt auf. „Ich muss zu den anderen zurück!" Seine Stimme klingt schroff. Jay ist über sich selbst entsetzt. Niemals darf Ebony erfahren, wie nahe er und Amber sich gekommen sind. Das wird Ebony ihm niemals verzeihen und er will sie nicht verlieren. Er liebt Ebony doch!

Im Hauptquartier der Technos ist die Stimmung angespannt. Ram ist schlecht gelaunt und brüllt bei jeder Kleinigkeit herum. Ein Grund für seinen Unmut ist die Tatsache, dass Jay und Ebony trotz aller Bemühungen noch immer nicht gefunden worden sind. Ram hat das Gefühl, nur noch von unfähigen Menschen umgeben zu sein. Außerdem ist Ved seit einigen Tagen nicht mehr gesehen worden ist. Er scheint ebenso vom Erdboden verschwunden zu sein wie sein Bruder. Vielleicht hat Ved sich ihm sogar angeschlossen, wer weiß das schon?

Doch das ist noch nicht das Schlimmste: Ram hat über das Citynet seine neue Paradies-Software angekündigt. Er preist dieses Programm jeden Tag mehrmals an und lobt die Möglichkeiten, die sich daraus ergeben. Ist diese Software erst einmal aktiviert, wird nichts mehr sein wie zuvor. Die Menschen werden Unsterblichkeit erlangen. Dies ist das höchste Gut, das sich Ram überhaupt vorstellen kann. Für immer in der Welt der eigenen Träume leben zu können, etwas Großartigeres kann es nicht geben! Doch merkwürdigerweise findet das neue Programm bei den Städtern nicht den rechten Anklang. Ram ist frustriert und beleidigt.

Er zieht sich immer öfter in seine privaten Gemächer zurück und ist dann für niemanden zu sprechen, auch nicht für Java. Oft sitzt Ram stundenlang einfach da und starrt vor sich hin oder er setzt sich an seinen Laptop und schreibt in sein Cyber-Tagebuch, so wie jetzt.

Rams geheimes Tagebuch

Freitag, 22.12.

Das Verhalten dieser Leute ist eine unverschämte Beleidigung meines Genies! Sie scheinen einfach nicht zu begreifen, was ich ihnen da anbiete! Wahrscheinlich sprengen die Möglichkeiten dieser Software die Vorstellungskraft der Städter. Ich habe so viel Arbeit in dieses Projekt gesteckt und sie verweigern mir nun einfach ihre Anerkennung. Bei so viel Undankbarkeit habe ich große Lust, mich schon jetzt ganz in die virtuelle Welt zurückzuziehen.

Aber noch ist es zu früh, mein Werk ist noch nicht abgeschlossen.
Ram

Ram spürt, wie seine Kräfte ihn verlassen, wenn er sich aufregt. Java ist die Einzige, die ihm Freude bereitet. Sie sagt ihm immer wieder, wie sehr sie ihn bewundert. Ermattet schließt Ram sein Cyber-Tagebuch. Er wird sich ein wenig ausruhen. Schlecht gelaunt bestellt sich Ram einen seiner aufbauenden Proteindrinks, die seine Abwehrkräfte stärken sollen. Vielleicht kann er so die Zeit, die ihm noch in dieser Welt bleibt, ein wenig verlängern.

Jay ist schon eine Weile bedrückt, und Ebony spürt das. Natürlich stellt sie ihn zur Rede, doch Jay weicht einer Antwort aus. Sie hat das Gefühl, dass er ihr immer mehr entgleitet, ganz besonders, als er ihr schließlich von seiner Absicht erzählt, wieder in die Stadt zurückzukehren.

Ebony kann es nicht fassen. Entgeistert schnappt sie nach Luft. Dann bricht ihre Enttäuschung mit voller Kraft aus ihr hervor. „Wie kannst du mir das antun? Wir sind uns doch einig gewesen, haben uns ein Versprechen gegeben. Ist das alles jetzt nichts mehr wert?" Ebony hat so laut geschrien, dass die Ecos um sie herum verwundert aufblicken. Doch das ist Ebony in diesem Moment egal.

Jay fühlt sich reichlich unwohl in seiner Haut. „Es tut mir Leid, aber ich kann nicht anders. Ich muss zurück. Das bin ich Ved schuldig. Ich freue mich, wenn du mich begleitest, aber die Entscheidung darüber überlasse ich selbstverständlich dir." Es gelingt Jay nicht, Ebony in die Augen zu schauen. Er weiß, wie sehr er sie enttäuscht hat.

Für Ebony ist gerade eine Welt zusammengebrochen, doch sie ahnt, dass sie Jay nicht mehr umstimmen kann. Mühsam versucht sie, die aufsteigenden Tränen zurückzuhalten. Ebony hat sich ihrem Glück schon so nah gefühlt, nun ist es wieder in Gefahr. Offenbar können sie beide ihrer Vergangenheit einfach nicht entfliehen. Keinen Augenblick kommt es für Ebony in Frage, Jay alleine gehen zu lassen. Jay und sie gehören zusammen. Wo er hingeht, geht auch sie hin.

Der Abschied fällt schwer

Ebony und Jay sind dabei aufzubrechen, als sie plötzlich ein Geräusch hinter sich hören. Es ist Amber. In der Hand hält sie jeweils einen Mantel für Ebony und Jay, den sie überziehen sollen. So werden die Technos sie wenigstens nicht schon von weitem erkennen. Doch das ist nicht der eigentliche Grund, weshalb Amber zu ihnen gekommen ist. Amber hat sich entschlossen, Jay und Ebony in die Stadt zu folgen. Von Trudy hat Amber sich bereits verabschiedet und auch den kleinen Bray lässt sie schweren Herzens bei den Ecos zurück. Dort ist er wenigstens in Sicherheit. Trudy wird sich um das Baby kümmern.

Natürlich ist Ebony von Ambers Plan alles andere als begeistert. Sie blickt Jay an, in der Erwartung, dass er etwas sagt, um Amber umzustimmen. Aber Jay lächelt nur versonnen und nickt.

Ebony schluckt. Der Gedanke, Amber nun wieder ständig in ihrer Nähe zu haben, ist ihr unerträglich. Sie ist der Ansicht, drei seien einer zu viel. Ebony jedenfalls wird alles daran setzen, damit

Amber so schnell wie möglich wieder aus ihrem und Jays Leben verschwindet. Amber hat auch so schon genug Schaden angerichtet.

Ram geht es immer schlechter. Regelmäßig atmet er frische Luft aus einer Sauerstoffflasche ein, die Java ihm besorgt hat. Dann fühlt er sich für Momente wie berauscht. Für kurze Zeit steckt er dann voller neuer Energie, doch diese Momente dauern nie lange an. Immer kürzer werden die Abstände zwischen den einzelnen Sauerstofftherapien. Auch die Proteindrinks, die Ram regelmäßig trinkt, scheinen an Wirkung zu verlieren. Ram kann sich kaum noch bewegen, ohne starke Schmerzen zu haben. Es gibt nicht vieles, was Ram größere Angst macht als Schmerzen, außer vielleicht Keime und Bakterien.

Als es Ram wieder einmal sehr schlecht geht, ruft er Java zu sich. Sofort ist sie zur Stelle und beugt sich über ihn, legt ihre Hand auf seine Stirn, um zu prüfen, ob er Fieber hat. Doch Ram schüttelt den Kopf und schiebt Javas Hand sanft zur Seite. Er blickt ihr fest in die Augen und Java ahnt, was er ihr nun sagen will. Ram schluckt, nur mühsam bringt er die Worte hervor: „Java, ich denke, es wird Zeit für mich, meinen kranken Körper zu verlassen."

Javas Augen füllen sich mit Tränen, wie jedes Mal, wenn er von diesem Thema redet. „Ram, bitte, ich will nicht, dass du gehst. Lass mich nicht alleine. Ich brauche dich hier." Nervös verkrampft sie ihre Hände ineinander. „Die Menschen in der Stadt fangen allmählich an, sich für dein Paradies-Programm zu interessieren. Wie soll ich das alles alleine schaffen?" Die Tränen rinnen jetzt in Strömen über Javas Gesicht.

Ram lächelt sanft, aber unnachsichtig. „Java, ich habe es dir schon so oft erklärt, wie sehr ich mich darauf freue, fortzugehen. Ich werde in meinem ganz persönlichen Paradies sein. Endlich wird mein Leben aus Freude und Glück bestehen. Meine Krankheit spielt keine Rolle mehr. Ich bin wieder ein starker, junger Mann und ich kann mein Leben genießen, ganz ohne Schmerzen. Du weißt, dass du mit mir kommen oder mich besuchen darfst, ich habe es dir bereits angeboten."

Java schüttelt stumm den Kopf. Ihre Lippen sind fest aufeinander gepresst.

Ram drückt Javas Hand, dann gibt er ihr ein Zeichen, dass er nun alleine sein will. Bevor er sich seinen Träumen hingibt, holt er noch einmal seinen Laptop hervor und beginnt zu schreiben. Auch wenn er ganz in die virtuelle Welt hinübergegangen ist, wird er nicht darauf verzichten, alleiniger und absoluter Herrscher über die Stadt zu sein.

Rams geheimes Tagebuch

Mittwoch, 27.12.

Diejenigen, die denken, wenn ich erst einmal im Cyberspace bin, dann können sie statt meiner regieren, die haben sich gewaltig geirrt. So wird es nicht sein. In der virtuellen Welt werde ich wieder zu Kräften kommen, mir neue Strategien überlegen, wie ich meine Macht erhalten und festigen kann. Ich bin sicher, Java wird mich regelmäßig im Cyberspace besuchen. Ihr werde ich Anweisungen erteilen, was zu tun ist. Sie wird mein Sprachrohr für die Menschen in der so genannten realen Welt sein.

Ram

Es ist Ram schwer gefallen, diese Mail zu schreiben. Er fühlt sich geschwächt. Mit zitternden Fingern bedient er die Tastatur und schließt das Cyber-Tagebuch.

Sehr zu Ebonys Ärger verstehen sich Jay und Amber prächtig. Sie plaudern und lachen, ohne besonders auf den Weg zu achten, der sie zurück in die Stadt führen soll. Ebony ist ganz auf sich selbst gestellt und sie wird langsam ungeduldig. Die beiden hinter ihr vertrödeln die Zeit. Wenn sie so weitermachen, werden sie vor Einbruch der Dunkelheit nicht einmal die Hälfte des Weges zurückgelegt haben. Das ist riskant, denn noch immer kann es ihnen passieren, dass sie einem der Trupps der Technos in die Arme laufen. Schließlich wissen sie nicht, ob Ram noch immer nach ihnen suchen lässt. Je früher sie in der Stadt ankommen und die Mall erreichen, desto besser. Ebony hofft inständig, dass ihre Freunde noch dort sind und bereit sind, sie wieder aufzunehmen. Für die Mall Rats kann es schlimme Folgen haben, wenn die beiden Ausreißer bei ihnen entdeckt werden. Bestimmt wird Ram die Mall Rats hart bestrafen.

In der Mall streiten sich Salene und Pride immer öfter, denn Salene kann ihrem Freund einfach nicht mehr vertrauen. Außerdem fühlt sie sich zunehmend von ihrer Aufgabe als Anführerin der Städter überfordert. Früher hat sie sich oft und gerne Rat bei Pride geholt, doch dies ist jetzt vorbei.

Auch Siva und Lex sind nicht glücklich. Siva spürt, dass Lex ihr etwas verheimlicht. In letzter Zeit geht er immer wieder in den Cyberspace, eine Angewohnheit, die er früher nicht gehabt hat. Angefangen hat es, als Ram den Städtern den Zugang zu einem eigenen Paradies-Programm ermöglicht hat. Siva ist entschlossen, herauszufinden, was hinter Lex' Verhalten steckt.

In seinen Cyberspace-Träumen hat Lex eine Person wieder gefunden, die er lange aus seinen Gedanken verdrängt hat. Es ist Tai-San. In der virtuellen Welt hat Lex ihre Liebesbeziehung noch einmal erlebt. Er hat die Bilder gesehen, wie sie sich kennen gelernt haben, der erste Kuss, die Hochzeit. Diese Eindrücke sind Lex weit mehr zu Herzen gegangen, als er gedacht hat. Plötzlich ist die Trauer über den Verlust Tai-Sans wieder da, der Schmerz trifft Lex mitten ins Herz.

Lex hört nicht, wie Siva eintritt und ihn verwundert mustert. Als Lex sie schließlich entdeckt, schreckt er zusammen und verlässt ohne ein Wort das Zimmer.

Siva ist geschockt. Sie hat Lex noch niemals so traurig gesehen. Sie will wissen, was ihm derart zusetzt. Sie streift sich die Maske über, die kurz zuvor Lex getragen hat und geht hinein in das Programm, das er sich angeschaut hat. Und dann sieht auch sie Tai-San. Siva prägt sich jedes Detail ein, denn schließlich sind diese Erlebnisse ein Teil von Lex' Leben. Schließlich streift Siva sich die Maske wieder ab und geht zu Lex.

Sie nimmt ihn in den Arm und drückt ihn fest an sich. „Lex, sei mir bitte nicht böse, aber ich habe wissen müssen, was dich so bedrückt hat. Ich kenne die Bilder von Tai-San jetzt."

Als sie bemerkt, wie erschrocken Lex sie anschaut, muss sie lächeln. „Keine Angst, ich bin nicht eifersüchtig auf die Vergangenheit. Glaube mir, du musst keine Geheimnisse vor mir haben. Ich liebe dich."

Lex fällt ein Stein vom Herzen, denn er hat befürchtet, dass Siva ihm Vorwürfe machen wird. „Ich liebe dich auch", flüstert er. In diesem Moment fühlt er sich Siva näher als jemals zuvor. Doch gleichzeitig ist er auch irritiert über die Stärke der Gefühle, die er noch immer für Tai-San hegt. Für ihn ist sie nicht nur ein Teil seiner Vergangenheit, sondern auch seiner Gegenwart. Und wahrscheinlich wird sich daran niemals etwas ändern.

Die Truppen der Technos kommen plötzlich und ohne Vorwarnung. Von allen Seiten umringen sie das Lager der Ecos. Mit riesigen schwarzen Lastwagen, die sich dröhnend nähern, machen sie das Lager in wenigen Minuten dem Erdboden gleich.

Die Ecos laufen schreiend durcheinander. Sie werden von diesem Überfall der Technos vollkommen überrascht und sind ihren Angreifern hilflos ausgeliefert.

Die Technos treiben die Ecos auf die Ladeflächen der Lastwagen und transportieren sie ab. Das alles geht ganz schnell. Dann ist es wieder still, beunruhigend still.

In letzter Sekunde ist es Trudy gelungen, sich in ein Gebüsch etwas abseits des Lagers zu retten.

Verzweifelt und vollkommen machtlos muss sie mit ansehen, was mit ihren Freunden geschieht. Auf dem Arm trägt sie den kleinen Bray. Sie hält ihm den Mund zu, damit er nicht schreit und sie beide verrät. Ihr eigenes Baby jedoch ist in die Fänge der Technos geraten. Eigentlich hat Trudy nur ein paar Beeren suchen wollen. Weil das mit zwei Babys zu umständlich gewesen ist, hat Trudy Brady kurz bei einer anderen Eco gelassen, die versprochen hat, auf die Kleine aufzupassen. Und nun hat Trudy ihr Baby verloren! Trudy hat keine Ahnung, wohin die Technos ihre Gefangenen bringen.

Halb ohnmächtig vor Schmerz über den Verlust ihres Kindes sinkt Trudy zu Boden und beginnt hemmungslos zu weinen.

Ebonys bittere Tränen

Ebony, Jay und Amber erreichen die Stadt. Sie haben sich die Kapuzen ihrer Mäntel tief in die Gesichter gezogen und versuchen, den überall installierten Überwachungskameras auszuweichen. Dennoch bleiben sie nicht unbemerkt, denn seit Jay und Ebony verschwunden sind, haben die Technos zusätzlich Bewegungsmelder eingerichtet. Diese geben nun im Hauptquartier der Technos Alarm.

Ram bemerkt von all dem nichts, denn er ist wieder einmal im Cyberspace. Deshalb ist es Java, die zu den Monitoren eilt. Sie schaut sich die Aufnahmen immer wieder an, dann schüttelt sie ungläubig den Kopf. Eine Person darauf sieht aus wie Ebony, wenn man einmal von den merkwürdigen Anziehsachen absieht, die sie trägt. Wo Ebony ist, kann auch Jay nicht weit sein, das ist Java klar. Java löscht die Aufnahme, denn sie will nicht, dass die anderen Technos oder gar Ram von Ebonys Anwesenheit in der Stadt erfahren. Vielleicht kann ihr dieses Wissen noch nützlich sein.

Ebony, Jay und Amber wundern sich, warum ihnen niemand begegnet. Die Straßen der Stadt liegen wie ausgestorben da. Weit und breit ist kein Mensch zu sehen. Ein ungutes Gefühl beschleicht sie alle drei. Wahrscheinlich ist Ram dafür verantwortlich. Die Jagd der Städter auf Jay jedenfalls scheint beendet zu sein. Stattdessen hat Ram den Menschen offenbar eine neue Beschäftigung gegeben, eine die alle in ihrem Bann hält.

Schließlich entdecken Amber, Jay und Ebony eine Ansammlung von Menschen in einer Art Zelt. Sie alle sitzen wie erstarrt vor Computern und tragen schwarze Masken auf dem Gesicht. Keiner von ihnen regt sich oder spricht ein Wort. Diese Menschen sind in den Cyberspace abgetaucht, nutzen Rams neue Paradies-Software, um in die Welt ihrer Träume zu flüchten.

Vorsichtig nimmt Jay einem der Spieler die Maske ab. Es ist ein Junge, vielleicht fünfzehn Jahre alt. Er wehrt sich nicht, seine Augen sind weit aufgerissen. Er zeigt keinerlei Reaktion. Verlegen entschuldigt sich Jay und legt ihm die Maske wieder an. So etwas hat Jay noch niemals zuvor erlebt. Er wechselt einen entsetzten Blick mit seinen beiden Begleiterinnen. Ram hat es tatsächlich geschafft, die Menschen in der Stadt zu vom Cyberspace abhängigen Zombies zu machen. Sie scheinen überhaupt keinen eigenen Willen mehr zu besitzen und den Bezug zur Realität, zu ihrem Leben, vollständig verloren zu haben. Niemals hat Jay es für möglich gehalten, dass Ram mit seinen Experimenten so weit geht. Doch jetzt ist nicht die Zeit für Selbstvorwürfe, sie müssen so schnell wie möglich die Mall erreichen.

Wenig später haben die Freunde die Mall erreicht. Amber und Jay werden herzlich aufgenommen, Ebonys Begrüßung fällt jedoch deutlich zurückhaltender aus. Einige der Mall Rats haben immer noch Zweifel, ob sie sich wirklich auf Ebonys Unterstützung verlassen können. Zu oft schon haben sie erlebt, wie Ebony die Seiten gewechselt hat.

Ebony spürt das Misstrauen, das ihr entgegenschlägt und ist enttäuscht. Aber sie sieht ein, dass sie an ihrem schlechten Ruf selbst nicht ganz unschuldig ist.

Nur Lex hält es für das Beste, wenn Jay und Amber so schnell wie möglich wieder verschwinden. Mit dieser Meinung steht er allerdings alleine da.

Die Mall Rats sind entschlossen, zusammen mit den Neuankömmlingen gegen Ram vorzugehen. Die Herrschaft der Technos muss beendet werden. Zwar gibt es keine Ausschreitungen mehr in der Stadt, aber dies liegt nur daran, dass die Menschen wie gebannt vor den Computern sitzen und für nichts anderes mehr Zeit und Energie aufbringen. Salene hofft, mit Hilfe von Jay, Amber und

Ebony, doch noch einen Weg zu finden, Ram seiner Macht zu berauben.

Wieder einmal lässt sich Ram von Java Bericht erstatten. Er besteht darauf, zu erfahren, warum Ebony und Jay immer noch nicht gefunden worden sind. Java senkt den Blick, sie wird Ram nicht verraten, was sie weiß. „Es ist nicht einfach, sie zu finden. Das Gebiet dort draußen ist riesig. Trotzdem bin ich von der guten Arbeit der Suchtrupps überzeugt. Aber ..." Java räuspert sich unbehaglich und versucht den listigen Ausdruck in ihren Augen zu verbergen. „Vielleicht sollten wir uns damit abfinden, dass wir sie verloren haben. Ich denke, es wird Zeit, die Suche abzubrechen."

Einen Moment lang starrt Ram sie ungläubig an, dann beginnt er zu brüllen. „Aufgeben? Das ist das Letzte, was ich tun werde! Ich kann mit meiner Technologie die ganze Stadt kontrollieren. Und da soll es nicht möglich sein, diese zwei Ausreißer zu finden? Was redest du da, Java?" Donnernd lässt er seine zur Faust geballte Hand auf die Umrandung seines Rollstuhls krachen. Seine Augen funkeln, Ram ist außer sich vor Wut. „Ich werde mir von diesen beiden nicht auf der Nase herumtanzen lassen. Und von dir auch nicht, Java. Lass mich alleine."

Als Java gegangen ist, setzt sich Ram an seinen

Laptop. Er hat das Bedürfnis, seine Gedanken in seinem Cyber-Tagebuch niederzuschreiben.

Rams geheimes Tagebuch

Samstag, 30.12.

Das kann doch einfach nicht wahr sein! Jay und Ebony müssen irgendwo sein. Sie können sich doch dem Zugriff meiner Suchtrupps auf Dauer nicht entziehen. Völlig undenkbar. Allmählich bekomme ich das Gefühl, dass meine Leute die beiden gar nicht finden wollen. Auch Javas Verhalten erscheint mir immer merkwürdiger. Sicher, Ebony ist ihre Schwester, aber die beiden können sich nicht ausstehen. Sollte sich das plötzlich geändert haben? Dann allerdings habe ich ein Problem. Nicht auszudenken, was geschieht, wenn diese beiden Frauen sich hinter meinem Rücken verbünden! Aber vielleicht ist Java auch noch immer in Jay verliebt. Sie kann sehr beharrlich sein. Das kann ein Grund sein, weshalb sie hofft, dass er verschont wird. Ich habe zunehmend den Verdacht, hinter meinem Rücken braut sich eine Verschwörung zusammen. Und Java scheint die Drahtzieherin zu sein. Vielleicht habe ich ihr zu viel Einblick in meine Programme und meine Pläne gestattet. Ich muss vorsichtig sein, darf niemandem in meiner Umgebung mehr trauen. Meine Leute scheinen mich schon für so schwach und krank zu halten, dass ich nicht mer-

ke, wie sie versuchen, mir die Macht zu entreißen. Aber da haben sie sich gewaltig geirrt. Vielleicht ist es gar nicht so schlecht, wenn sie mich unterschätzen. Dann werden sie unvorsichtig und machen Fehler. So erkenne ich, wer mich hintergeht. Ich werde mir sehr wirkungsvolle Strafen für sie ausdenken.
Ram

Seit Ebony in die Mall zurückgekehrt ist, fühlt sich Siva schlecht. Lustlos steht sie morgens auf, denn sie weiß nicht, was sie gegen das ungute Gefühl machen soll, das sie immer beschleicht, wenn Ebony in ihrer Nähe ist. Seit sie denken kann, hat sie unter Ebony gelitten. Ständig hat ihre Schwester versucht, sie zu bevormunden. Wenn Siva einen Fehler gemacht hat, ist das für Ebony eine willkommene Gelegenheit gewesen, sich über Siva lustig zu machen. Dies hat ihr Verhältnis zueinander geprägt.

Die Zeit ohne Ebony hat Siva genossen. Noch nie hat sie sich in ihrem Leben irgendwo so wohl gefühlt wie bei Lex und den Mall Rats. Endlich ist es Siva gelungen, aus Javas Schatten herauszutreten, als ein eigenständiger Mensch behandelt zu werden. Zum ersten Mal hat Siva so etwas wie ein eigenes Selbstbewusstsein aufgebaut und dies möchte sie niemals wieder verlieren. Siva ist bereit dafür zu kämpfen. Entschlossen sucht sie Ebony in ihrem Zimmer auf.

Ebony ist überrascht, ihre Schwester zu sehen. Doch bevor Ebony ein Wort sagen kann, bricht es aus Siva hervor. „Ich werde nicht zulassen, dass du wieder alles zerstörst. Ich liebe mein Leben so, wie es jetzt ist. Endlich habe ich einen Platz gefunden, an dem ich mich wohlfühle, an dem ich akzeptiert werde. Das alles lasse ich mir nicht von dir kaputtmachen. Du hast schon immer geglaubt, du hättest ein Recht mir zu sagen, was ich tun oder lassen soll. Aber diese Zeiten sind ab sofort vorbei! Ich lasse mir das nicht länger gefallen!"

Ebony hat ihrer Schwester schweigend zugehört. Plötzlich rinnen Tränen über ihr Gesicht. Es schmerzt sie, dass Siva einen solchen Groll gegen sie hegt. Sie selbst hat die alten Rivalitäten längst vergessen und möchte eigentlich viel lieber so etwas wie eine Freundin für Siva sein. Das hat sie ihr allerdings nie gesagt. Viel zu lange haben sie beide sich gegenseitig das Leben schwer gemacht.

Siva ist tief betroffen, als sie sieht, wie sehr ihre Vorwürfe Ebony berühren. Niemals hat sie geglaubt, Ebony könne so empfindsam und verletztlich sein. Das ist eine ganz neue Seite, die sie an ihrer Schwester entdeckt. Siva setzt sich zu Ebony und stellt ihr die Frage, die sie wirklich beschäftigt. „Warum bist du zurückgekommen?"

„Jay hat es so gewollt." Ebony kann gar nicht mehr aufhören zu schluchzen. „Wir werden die Stadt verlassen, sobald wir die Dinge hier in Ordnung gebracht haben. Das ist der Plan. Aber ich habe ein ungutes Gefühl. Manchmal habe ich Angst, dass dies niemals geschehen wird."

„Wieso nicht?" Siva hat keine Ahnung, worauf Ebony hinaus will.

„Wegen Amber! Siehst du nicht, wie Jay und sie sich anschauen?" Hilflos blickt Ebony ihre Schwester an. „Ich habe solche Angst, ihn an Amber zu verlieren!"

Siva lächelt sanft und nimmt ihre Schwester in den Arm. Es tut ihr gut zu sehen, dass Ebony, die immer stark und unerschütterlich wirkt, eine ganz normale Frau ist. Nachsichtig schüttelt Siva den Kopf. „Du bist eifersüchtig, aber das musst du nicht. Jay ist verrückt nach dir, seit er dich zum ersten Mal gesehen hat. Ebony, sei vernünftig, deine Sorge ist unbegründet. Mache nicht den Fehler, eure Liebe mit deinem Misstrauen zu zerstören."

Ernst hat Ebony ihr zugehört. Sie ist dankbar für Sivas Verständnis und für ihre Unterstützung. Endlich hat sie das Gefühl, wirklich eine Schwester zu haben.

Siva und Ebony schrecken aus ihrem vertrauten Gespräch auf, als in der Mall plötzlich Alarm ausgelöst wird. Dafür kann es nur eine Erklärung geben: Irgendjemand versucht in die Mall einzudringen. Siva und Ebony stürmen zum Eingang der Mall, ihre Freunde sind bereits dort versammelt. Sie alle sind bereit, die Mall gegen *jeden* Angreifer zu verteidigen. Doch die Person, die sich ihnen nähert, ist kein Feind. Es ist Trudy!

Offensichtlich steht sie unter Schock, ihr Blick ist wirr und ihre Stimme zittert. „Die Technos haben das Lager der Ecos überfallen. In letzter Sekunde ist es mir gelungen, mich in Sicherheit zu bringen."

Entsetzt springt Amber auf, alle Farbe ist aus ihrem Gesicht gewichen.

Trudy beruhigt sie. „Keine Sorge, dem kleinen Bray geht es gut, er ist bei mir. Ich habe die wenigen Ecos mitgebracht, die diesem Angriff entkommen sind." Trudy deutet auf ein paar Gestalten, die hinter ihr aus dem Dunkeln treten. „Aber die Technos haben Brady mitgenommen." Trudy schlägt sich die Hände vors Gesicht, sie ist mit ihren Nerven am Ende.

ARME TRUDY

Nur mit Mühe können die Mall Rats die verzweifelte Trudy davon abhalten, sofort zum Hauptquartier der Technos zu laufen, um nach Brady zu suchen. Alles, was sie erreichen wird, ist, selbst festgenommen zu werden. Und dann kann sie für ihre Tochter gar nichts mehr tun.

Amber, Salene und Pride versuchen alles, um Trudy zu beruhigen, allerdings ohne großen Erfolg. Die Freunde machen sich große Sorgen um sie.

Pride bereitet ihr ein Getränk zu, das ihr helfen soll zu schlafen. Dann stecken die Freunde die völlig entkräftete Trudy ins Bett.

Die Mall Rats haben keine Zeit zu verlieren, denn vor ihnen liegt noch sehr viel Arbeit. Sie müssen wichtige Entscheidungen treffen. Jay hat Kontakt mit einem Techno aufgenommen, dem er vertraut. Jay will wissen, was mit seinem Bruder Ved geschehen ist. Leider kann sein Freund ihm auf diese Frage keine Antwort geben. Im Hauptquartier darf Veds Name nicht mehr genannt werden, niemand traut sich nachzufragen, wo Ved ist.

Jay ist sehr besorgt. Veds Lage scheint noch schlimmer zu sein, als er befürchtet hat. Deshalb müssen die Mall Rats und ihre Freunde den Kampf gegen die Technos so schnell wie möglich beginnen. Jay selbst wird diesen Angriff leiten, denn er hält es für absolut unverantwortlich, dass Ram weiterhin so viel Macht besitzt. Ram ist offensichtlich ein kranker Mann, der sich heillos in seinen kranken Fantasien verloren hat.

Als Ebony von Jays Absicht erfährt, das Hauptquartier anzugreifen, ist sie entsetzt. Nach wie vor ist sie davon überzeugt, dass die Mall Rats keine Chance gegen die Technos haben. Ebony macht sich besonders um Jay große Sorgen. Sie will sich lieber erst gar nicht vorstellen, was Ram Jay antut, wenn er ihm in die Hände fällt. Ebony erträgt den Gedanken nicht, Jay wieder zu verlieren. Er ist ihre große Chance glücklich zu werden. Ein Leben ohne ihn kann und will sich Ebony gar nicht mehr vorstellen.

Ebony macht Amber für Jays Entschluss verantwortlich. Wer sonst kann ihn zu dieser riskanten Aktion überredet haben? Amber hat Ebony schließlich noch niemals etwas gegönnt. Offenbar versucht sie auch jetzt wieder, alles zu zerstören, was Ebony am Herzen liegt. Doch diesmal wird Ebony nicht tatenlos zusehen, wie Amber anderen das Leben verpfuscht.

Bei der erstbesten Gelegenheit stellt sie Amber

zur Rede. Amber soll wissen, was mit ihr geschehen wird, wenn Jay etwas zustößt. Falls Jay bei diesem Angriff auch nur ein Haar gekrümmt wird, dann ist Ebony entschlossen, Amber umzubringen. Nichts und niemand kann sie davon abhalten.

Im Hauptquartier der Technos steigert sich Ram unterdessen immer mehr in seine Verschwörungsfantasien hinein. Er traut niemandem mehr. Ram beobachtet misstrauisch jeden, der in seine Nähe kommt. Auch bei Java macht er da keine Ausnahme, ganz im Gegenteil. Ram glaubt immer fester daran, dass sie ihn nur benutzt, um ihre eigene Position bei den Technos zu stärken. Viel zu lange hat er sich von ihrem freundlichen Lächeln und ihrer vorgespielten Fürsorge täuschen lassen. Ram ist traurig und verbittert. Er sucht Trost, indem er ein paar Zeilen in sein Cyber-Tagebuch schreibt.

Rams geheimes Tagebuch

Mittwoch, 03.01.

Eigentlich habe ich immer gedacht, dass ich in der Stunde des großen Triumphes meinen Erfolg mit irgendjemandem teilen kann. Ich habe mir eingebildet, es gäbe Menschen, die sich für mich freuen und mich als das anerkennen, was ich bin, ein Genie! Stattdessen muss ich feststellen, wie viele Nei-

der um mich sind und wie viele Menschen, die mein Werk nicht zu schätzen wissen. Ich spüre es genau, wie sie sich hinter meinem Rücken verschwörerische Blicke zuwerfen. Doch sie unterschätzen mich. Ich werde ihnen einen Strich durch die Rechnung machen. Auch wenn es mir in letzter Zeit gesundheitlich immer schlechter geht. Ich werde alle, die sich gegen mich stellen, grausam bestrafen.
Ram

Ram schließt das Cyber-Tagebuch und klappt seinen Laptop mit einem lauten Knall zu. Er hasst die Dummheit der Menschen. Denn pure Dummheit ist es, die sie nicht erkennen lässt, wie dankbar sie ihm eigentlich sein müssen.

In einem unbeobachteten Augenblick hat sich Trudy aus der Mall geschlichen und ist zum Hauptquartier der Technos gelaufen. In ihrer Verzweiflung schlägt sie wild auf den ersten Techno ein, der ihr über den Weg läuft. Sie beschuldigt ihn kreischend, ihr Kind entführt zu haben. Natürlich dauert es nicht lange und die Wachen haben Trudy überwältigt.

Ein Techno jedoch geht dazwischen und entreißt Trudy den Händen der anderen. Trudy erkennt verwundert, dass es sich um eine Frau handelt und sie schöpft Hoffnung. Vielleicht wird diese Frau sie verstehen. Unter dem Vorwand, Trudy verhören zu wollen, führt die Techno-Frau Trudy in ein Zimmer und schlägt die Tür hinter sich zu. Ihnen bleibt nicht viel Zeit. Die rätselhafte Unbekannte nimmt die Metallmaske ab, die bisher ihr Gesicht verborgen hat. Trudy stößt einen überraschten Schrei aus, denn vor ihr steht Tai-San. Trudy hat sie für tot gehalten. Überglücklich will sie der alten Freundin um den Hals fallen, doch Tai-San mahnt zur Eile. „Ich werde tun, was ich kann, um Brady zu finden. Sobald ich sie habe, werde ich sie dir bringen lassen. Du kannst mir vertrauen." Tai-San nickt Trudy kurz zu, dann zieht sie sich die Gesichtsmaske wieder über und stößt Trudy aus dem Raum. Die beiden Technos, die vor der Tür gewartet haben, sollen keinen Verdacht schöpfen. Tai-San gibt ihre Befehle mit schneidender Stimme. „Diese Frau weiß nichts, was uns weiterhelfen kann. Lasst sie frei!"

Die beiden Technos wagen keinen Widerspruch und tun, was Tai-San ihnen befohlen hat. Wenig später ist Trudy wieder in der Mall.

Es geht um Leben und Tod!

Als wenig später der Alarm am Eingang zur Mall erklingt, befürchten die Mall Rats zunächst das Schlimmste. Hat Ram etwas von ihren Angriffsplänen erfahren und will sie nun alle bestrafen?

Die Freunde eilen zum Eingang und bleiben wie angewurzelt stehen. Tatsächlich ist es ein Techno, der dort draußen steht, und er ist nicht allein. Er trägt die kleine Brady auf dem Arm. Die Kleine wirkt vergnügt und unbeschwert, ganz so, als sei nie etwas geschehen. Es scheint ihr gut zu gehen.

Der Techno verbeugt sich knapp und übergibt Trudy das Kind. Trudy kann ihr Glück kaum fassen. Immer wieder streicht sie Brady über den Kopf und küsst sie. Also hat Tai-San ihr Versprechen wirklich wahr gemacht!

In der Nacht vor dem Angriff auf das Hauptquartier der Technos wälzt sich Ebony in ihrem Bett hin und her. Sie findet einfach keine Ruhe. Zu groß ist ihre Sorge um Jay. Als Ebony endlich in einen leichten Schlaf fällt, hat sie schlimme Alpträume. Eine unerklärliche Angst ergreift Ebony. Sie spürt, dass etwas Schreckliches geschehen wird. Dann sieht sie ein Gesicht. Für den Bruchteil einer Sekunde blitzt es aus der Dunkelheit, die sie umgibt, auf. Ebony sieht das Gesicht einer Person, der sie in ihrem Leben niemals wieder begegnen will. Es ist Zoot!

Ebonys Schrei hallt durch die Nacht und weckt auch sie selbst auf.

Jay, der neben ihr liegt, beugt sich besorgt über sie. Liebevoll streicht er ihr über die Wange. „Das ist nur ein Traum gewesen, mach dir keine Sorgen. Was immer dich so erschreckt hat, ich bin hier bei dir und beschütze dich."

Ebony nickt dankbar. Allerdings ist sie keinesfalls beruhigt. Dieser Traum bedeutet nichts Gutes! Den Rest der Nacht kann sie kein Auge mehr zutun.

Ebony ist nicht die Einzige, die in dieser Nacht schlecht schläft. Im Hauptquartier der Technos ergeht es Ram ähnlich. Er bekommt kaum noch Luft, die Schmerzen sind beinahe unerträglich. Er lässt sich seine Sauerstoffflasche bringen und nimmt ein paar tiefe Atemzüge aus dem Gerät. Danach fühlt sich Ram etwas besser, doch er ahnt, dass ihm nicht mehr viel Zeit bleibt. Um auf andere Gedanken zu kommen, holt er seinen Laptop hervor und beginnt in sein Cyber-Tagebuch zu schreiben.

Rams geheimes Tagebuch

Freitag, 05.01.

Ich fürchte, dies wird die letzte Eintragung in mein Tagebuch sein. Meine Zeit ist gekommen. Trotzdem bin ich nicht unglücklich. Es wird wunderbar sein, für immer in meinem Paradies zu leben. Dort gibt es keinen Neid und keine Missgunst. Endlich werde ich unbeschwert sein, zumal ich weiß, dass dieser Zustand bis in alle Ewigkeit andauern wird. Ich bin Ram, ich bin unsterblich und ein Genie! Nicht umsonst sind die Menschen in der Stadt süchtig nach meiner Paradies-Software. Doch nur ich alleine entscheide, wer mir in die virtuelle Welt folgen darf. Und meine Auswahlkriterien sind streng. Nun muss ich aufhören, denn mir fehlt die Kraft weiterzuschreiben. Ich verbleibe in erwartungsvoller Vorfreude!

Ram

Ein sanftes, verklärtes Lächeln spielt um Rams Mund, als er sein geheimes Tagebuch schließt. Er ist mit sich und der Welt im Reinen. Ram ruft seine Wachen zu sich, damit sie ihn an die lebenserhaltenden Geräte anschließen. Alles ist vorbereitet, in wenigen Minuten wird er im Paradies sein.

Am nächsten Morgen versammeln sich die Mall Rats zum Kampf. Auch die Ecos schließen sich ihnen an. Gemeinsam machen sie sich auf den Weg zum Hauptquartier. Salene ist es schließlich, die das Signal zum Angriff gibt.

Als die Freunde das Hauptquartier stürmen, werden sie von den Technos heftig attackiert. Trotzdem behalten die Mall Rats schließlich die Oberhand, denn die Waffen der Technos funktionieren plötzlich nicht mehr.

Dies ist Jays Werk. Nach seinen Angaben hat sein Vertrauter, der Techno, der auch die kleine Brady zur Mall zurückgebracht hat, die Programmierungen der Waffen geändert. In diesem Zustand sind sie nutzlos. Die Technos wissen nicht, was sie tun sollen, denn bisher haben sie sich immer auf ihre Ausrüstung verlassen. Ohne deren Hilfe sind sie schwach und angreifbar.

Dann geht alles ganz schnell. Die Mall Rats überwältigen die Technos, nehmen Java und die Wachen gefangen. Damit sind die Technos endgültig besiegt, ihre Herrschaft ist beendet.

Überglücklich fallen sich die Mall Rats in die Arme. Sie haben ihr Ziel erreicht. Nun liegt endlich eine Zukunft vor ihnen, in denen die Menschen nicht mehr von Maschinen beherrscht werden.

Nur Ebony ist nicht recht zum Feiern zumute. Sie will wissen, was mit Ram geschehen ist. Irgendetwas zieht sie in Richtung seiner Gemächer. Je näher Ebony diesen Räumen kommt, desto weniger fühlt sie sich wohl. Trotzdem kann sie nicht stehen bleiben. Ebony spürt, wie die Angst zurückkehrt, die sie bereits in der Nacht zuvor gespürt hat. Zögernd betritt Ebony schließlich Rams Zimmer. Sie hört die schmatzenden Geräusche der lebenserhaltenden Geräte in dem Raum. Ram liegt in einem riesigen Plexiglasbehälter, an den zahllose Schläuche angeschlossen sind. Ebony beugt sich vor, um besser sehen zu können. Eine Spiegelung des Glases scheint Rams Gesichtszüge zu verändern, sie nehmen plötzlich Ähnlichkeit mit denen von Zoot an. Ebony unterdrückt einen Schrei. Ängstlich blickt sie sich in dem Zimmer um. Sie glaubt ein Flüstern zu hören. „Die Zeit der Technos ist vorbei, was jetzt kommt wird das Chaos sein!" Ebony schreit auf und rennt davon, zurück zu den anderen. Doch keinem erzählt sie, was sie gerade erlebt hat. Es erscheint ihr selbst viel zu unwirklich.

Hinweise für *The Tribe*-Fans!

Interesse an regelmäßigen Informationen
über die nächsten *The Tribe*-Bücher?
Dann abonniere den **Dino *The Tribe* Newsletter,**
die perfekte Informationsquelle
für alle *The Tribe*-Fans!
Sende uns eine E-Mail an
thetribe-info@panini-dino.de und der
nächste Newsletter geht auch
an deine Mail-Adresse.

Alle bisher erschienenen Bände aus der Reihe
The Tribe und *The Tribe – Die Vorgeschichte*
kannst du im Buchhandel kaufen.
Sollte dein Buchhändler diese nicht vorrätig
haben, kann er die gewünschten Bücher für
dich innerhalb weniger Tage bestellen.
Gerne kannst du dich auch mit deiner
Bestellung an den Panini-Leserservice,
Gerlinger Straße 140, 71229 Leonberg,
Fax 07152/358689 wenden.